神游

梁晓明 著

浙江文艺出版社
Zhejiang Literature & Art Publishing House

图书在版编目（CIP）数据

神游 / 梁晓明著. -- 杭州：浙江文艺出版社，
2025. 6. -- ISBN 978-7-5339-7934-8

Ⅰ. I227

中国国家版本馆CIP数据核字第2025ZQ4621号

策划统筹　王晓乐
责任编辑　张恩惠　丁　辉
责任校对　陈　玲
责任印制　吴春娟
封面设计　吴　瑕
营销编辑　詹雯婷
数字编辑　姜梦冉　诸婧琦

神游

梁晓明　著

出版发行　浙江文艺出版社
地　　址　杭州市环城北路177号
邮　　编　310003
电　　话　0571-85176953（总编办）
　　　　　0571-85152727（市场部）
制　　版　杭州天一图文制作有限公司
印　　刷　杭州富春印务有限公司
开　　本　880毫米×1230毫米　1/32
字　　数　153千字
印　　张　7.75
插　　页　5
版　　次　2025年6月第1版
印　　次　2025年6月第1次印刷
书　　号　ISBN 978-7-5339-7934-8
定　　价　68.00元

自序

这是一部新诗集，是一位现代诗人前往宋代的一次神游。他乘着新诗的翅膀去到了苏轼、陆游、李清照、柳永、姜夔、杨万里以及寇準的身边，和他们一起经历他们的生活，他们的思想、遭遇、悲愤和忧伤，当然还有他们的欢乐、甜蜜和梦想。他去叩门、叩问、握手和寒暄，和他们一起散步、读书，甚至和他们一起喝酒、乘船、迎风而悲泣。他也去到了浙东思想学派领袖们的身边，和周行己、叶適、永嘉先生、陈亮、陈傅良一起为整个宋代的前途而担忧和失眠，为当时的社会现状找出一条道路而相互体会与学习，当然还有各自的冲突和斗争。他还去和当时杰出的画家李唐、马远、刘松年、夏圭、文同一起沉浸在一幅构图、一个小景、一座桥和几个萧疏的行人，或者是与几位悠闲的文人、老人闲适在江边、山中、船上和竹林里。所谓坐地日行八万里，他带着现代人的眼光和思想，带着当今社会存在的态度与观念，甚至问题，与这些相距千年的优秀人士进行精神和灵魂深处的对话，甚至相互诘问、相互贬斥以及相互辩论和赞美。

正所谓"心已驰神到彼，诗从对面飞来"，所以在这部诗集里，重要的不是结果，重要的也不是谁更正确，甚至，重要的都不是这一次越过时间的精神对话，说到底，这是一部现代诗集，是一次新诗的展示，是现代诗歌如何穿越时间，在写作上达到全新的领悟和领域。为了穷尽写作的可能，他甚至前往"南海一号"去寻访那时候的航运和海贸的历史，探寻当一个国家被分成两半时，那国家的人们的灵魂底色，一般人家的生活境况。他努力探索诗歌本身、诗歌语言本身所可能达到的远景和微妙神奇的地平线，他叙述、议论、感慨和抒情，他仿佛还真真切切地见到了"南海一号"大船上的渔民阿琴一家，她在岸边的小渔村里，每天清晨去到海边，祈祷她的父亲和哥哥能早日平安回家。他仿佛亲眼看到了他们的生和死、他们的惦念和期望、他们和那个时代之间的关系，等等。这些最后都落在一种新诗写作的可能性上，一一展开。他甚至还邀请莎士比亚之后英国最具有生命力的、强悍的诗人迪兰·托马斯与最令人心仪的中国古代诗人苏东坡一起前去看望一条大江。在江边，各自不同的理念展开的冲撞，相互的不理解，甚至不屑的态度，还是那句话，这些都不重要，重要的依然是一种新诗写作的可能性，是苏轼和迪兰·托马斯对于诗歌的态度，他们各自的辉煌诗作，各自的骄傲，不同的写作观点与对世界、历史和生命的看法。

解释诗歌是一件吃力不讨好的事情。当记者采访美国诗人弗罗斯特时，记者问：你的诗歌讲了什么呢？弗罗斯特的回应是：拿起诗歌对着记者读了一遍。记者听完，还是没明白，又问：那诗歌到底是什么呢？于是，弗罗斯特又读了一遍。弗罗斯特的意思是：诗歌就在那里，对于作者，写好了交出，那便是完成了，至于读者能不能理解和接受，那就不是作者的事情了。这一点，与中国理解诗歌的传统观点有些相似，即仁者见仁，智者见智。而作家汪曾祺先生在他的散文中却这样说道："一篇小说是作者和读者共同创作的。作者写了，读者读了，创作过程才算完成。"这里汪曾祺先生明显对于读者有着很高的期盼和评价；中国传统观念则表示读者之间也会有很大的差异，处于不同的层次，所以，让他们去读吧，有多少收获，就看他们自己了。而弗罗斯特表现出更大的不在乎，在他的观念里，似乎读者就是读者，作者就是作者，是不相干的两类人。我不像弗罗斯特那么倔，我愿意并且努力说出有关于诗歌的一切。为此，我去过大学、中学，甚至小学，不断地从各个角度去讲授诗歌。

某位音乐家回答记者提问时说：你听见过鸟叫吗？你觉得好听吗？记者点头：又有谁不喜欢听林间的鸟鸣呢？音乐家也点头，然后他问：那么，你听得懂它们在说什么吗？记者愣了，想了想，只好点头说：不明白。音乐家笑了，他说：你听了，而且觉得好听，那不就成了？显然，这位音乐家对于听众和音乐家的关系并不抱有太高的期望。

我也不是这位聪明的音乐家。理解音乐有一个基础认识的问题，除了一般的爱好者，如果你要深入理解，那确实需要学习。你了解和掌握的越多，对于音乐的理解和欣赏能力，也就越高。诗歌，甚至整个的现代文学也是这样，著名作家弗拉基米尔·纳博科夫在他那本以康奈尔大学讲稿为基础而出版的《文学讲稿》中关于读者与作家的章节里这样说道："聪明的读者在欣赏一部天才之作的时候，为了充分领略其中的艺术魅力，不只是用心灵，也不全是用脑筋，而是用脊椎骨去读的。"所以，心灵、脑筋、敏感的脊椎骨，这些才是看书时候真正用得着的东西。他提出要读好一本书，必须使生命这架理性的飞机突然倾斜。这使我深深想到，我们的诗歌阅读其实也是很需要培养的，仅仅年少时期从课本上学到几首唐诗宋词，是远远不够的。我这样想，也便努力地这样去做。记得有一年，我去杭州江干区给两百多位高中语文老师讲学，因为那一年，高中的语文课本上忽然有了七首现代诗歌，很多老师以前没有接触过，反映到教育局，教育局也着急，如果不知道现代诗歌的好坏，不能分辨诗歌的特色和它的历史，以及语言、意象、隐喻、节奏、书写等多种方式，老师们又怎么教学呢？我很感慨，高中阶段是人生最好的学习阶段，但是我们的诗歌和诗歌的学习，却一直被冷落，被放在了一边。所以，回到诗歌本身，如前所述，受众学习的越多，了解和掌握的越多，理解和欣赏的能力也就越高。音乐如此，诗歌，也一样。

2024 年 1 月 26 日

目 录

尽｜离肠｜断｜汀州｜人｜未归｜天在上｜与山齐｜红日近｜白云低

里种下了爱情｜夜归的云彩无声地围着它｜淮南的月亮把千山照得一片冰凉｜角招｜夜晚的花朵记录我们欢乐的笑容｜太多思虑都挂在榆树垂累的果实上｜亭子已经废了｜所有心事都落在了台下

与陆游去驿外看梅

组诗十五首

驿外

应朝廷任命,陆游中年入蜀,从此开始他短暂的军旅生涯。

驿站之外,你拿来车票

整个冬天都落到了车票的终点,那并不是开封

也不是渡江之前的广阔边塞

那是另一段历史,有很多伤心随落叶落下

你的生命本来可以灿烂发光,本来可以

倚着春风站到杨柳的枝头

甚至可以指挥燕子蹁跹落到甜蜜的江南

你一个绍兴人,中年以后

被差使夔州,于是,你收拾了自己毅然入蜀

就像此刻,你拿来车票

有多少少年的行李从此丢下,不再回首

那些纵马扬鞭鉴湖的日子,甚至唐琬

你心疼的表妹,丢下

包括那根刺入心扉的银色的钗头凤……

驿站改变一个人的一生，我想着这些

你自己都没有想到的经历

向西南，从车票出发

你从此长成了江南风骨中的另一根傲骨

坚硬、不肯低头，就像你的后世同乡①

从此你的一生，成为国家屈辱中

最不肯酥软的一根骨头

少小遇丧乱，下马草军书②

从此你的诗书与国家的呼吸连在一起

让驿站远去，打马去西南

从此你的一生再不是个人主义的一杯白酒

---

① 指鲁迅。陆游与鲁迅同为浙江绍兴人。

② 陆游的诗句，前句出自《感兴二首》（其一），后句出自《观大散关图有感》。

断桥边

陆游出生仅两年，北宋灭亡。

女真的战马踩断大宋的桥梁，也踩断了

大宋胸前的肋骨，那年，你两岁

还不会用北宋的语言对世界讲话，汴京

你的首都，却已经成为别人的城邦

风起时，你和满地无根的荒草一起南逃

你和你的家，像另一双南飞的大雁

努力拍翅啊，在天上

划出了最为凄凉的一个人字，你还在襁褓中

还在用最为纯净的眼睛望着世界

但是你的家，已经在离乱中种下了一颗

家国的种子，无国哪有家？

所以你发誓：少小遇丧乱

下马草军书。所以你直到八十五岁

马上要告别这个世界了，依然

要坚持给孩子写下："王师北定中原日

家祭无忘告乃翁。"你希望你的家

希望你的孩子依然把这颗家国的种子

深深哺育，死不瞑目，就像在

断桥边，你站立，你伤心却又坚定地写下：

"零落成泥碾作尘，只有

香如故。"

寂寞

陆游曾亲赴前线并提出北伐策略，但从未被采用。

走进皇宫的人，都在西湖上日夜饮酒

从依依杨柳一直喝到霏霏的白雪

一直喝到手指发白，他们还在

白色的画布上画下江山

画下梦里的窈窕裙带

在裙带中，他们把日子过成了眼前的

这一艘画舫，在西湖上

他们指着仙鹤腾飞的翅羽欣赏它蹁跹的

轻盈风姿，所有的生命

似乎都只是蹁跹的一个姿态……

你不是，所以

你只能和寂寞相亲相爱

开无主

故土没有收复，遗民陷于水火，陆游的内心经常疼痛。

扫帚扫天下并不是家中闲坐的任务
你只能开木门，扫去阶前多余的碎雪
边扫边看，边注意树枝上除了雪
是否还有多余的眼睛？

我来看你，就好像你刚从绍兴离开
寻访不见，我在想
你是否又去了池塘田间？
像大自然最倔强的一树老松
你挺立不屈，用表面的枝叶纷披
掩盖这内心不平的沟壑

在你的墓前，我坐下抽烟，我在想
我是否也需要一把扫帚？

还是

你忽然觉得，你似乎就是这

国家的梅树上落下的花瓣

谁收拾？谁又来看？

黄 昏

陆游仕途历经四位皇帝，被罢官贬谪五次。

很多人命中遭遇落叶，之后枯黄，然后衰残
但大地每天都遭遇落日

南望王师又一年，只有你
半夜还惦记着遗民泪尽胡尘里……

应该有一个黄昏让你休息，让你
像你自己的另一个名字
陆放翁，让放达的时间
领着你的胡子慢慢变白

从六十五岁到八十五岁
整整二十年，你写下了五百零八首病疾的诗
那是怎样的落叶和黄昏，你的长寿
似乎是大地不舍你离去的一种邀请，用疼痛
让你的眼睛始终睁开，在诗中

让你铭记

有更大的痛苦还在北方，并且

还在你的命中一直持续……

我独呻吟一室中，落日之后

便是夜晚，我相信你一定举头望月

满天繁星，在你的窗台上

一定有一颗特别像你眺望的眼睛

独自愁

陆游去世前一年游沈园，写下：也信美人终作土，不堪幽梦太匆匆。

绍兴多雨，园中的细雨更加稠密……

忙于生意的人们在园外数着开心的钱币
你与钱擦肩而过，这年你八十四岁
你来沈园，来捡拾你丢失的那一份亲密
风吹池塘，也吹起你脸上一道道皱纹
那些深刻的、浅显的、弯曲的、隐秘的
每一道皱纹都记下了你其实早离开了这里

你望着这满园的春色啊，满脸的皱纹中
有一滴水珠比所有的雨水更加沉重
从眼中，它缓缓落下，又像刀割
一寸寸落回到自己的心里

老人落泪啊，那是唐琬

那是他这辈子永远填不平的

最深的一道皱纹

风和雨

陆游"不拘礼法，人讥其颓放"，故自号"放翁"。

苍天的欢笑被人间认为是打雷的声音

拍岸的浪涛从来不注意岸上的人群

越是黑暗，越是显出灯光的明亮

你酒量不好，却也不断地与酒同行

在大酒中沉浮，歪斜着身体

帽子被摘了

酒可以喝得更加轻松

残阳如血反而使天空变得绚烂

铁马秋风大散关，人去不到的地方

灵魂却更多频繁地前往

其实这些

都是醉话

但是清醒，又能够滋养身边的几个人？

在屋檐下看风雨，更多是看到了自己的内心

恃酒颓放，更多是不甘心空逛了一生

无意

山重水复疑无路，柳暗花明又一村。

野外，这株梅独自开，山坡上

那些桃花、杏花、遍地的山杜鹃

纷纷抢走了春天的衣襟，带着欢笑

带着喧闹热烈的主旋律

从一座山走到了另一座山

慢慢地，冷冷的、萧瑟的，甚至

令人无言的

冬天来了，于是

聪明的她们都走了

只有你，别人不在的时候你来

并不需要更多的眼睛，只按照自己的心愿

把暗香微洒在身边的土坡、碎石

和一大片枯萎的残草边

你甚至把风雪当成了伙伴，把寒冷

当成了出发的起跑线

不争、无言、安宁，就那样站着

静静完成了自己的一生

苦争春

陆游少年时听长辈忆旧，"或裂眦嚼齿，或流涕痛哭"，"每言虏，言叛臣，必愤然扼腕裂眦，有不与俱生之意"。

终于还是有飞雪飞来，终于霜雪

还是从北方横扫了中原，陆宰和陆佃

你父亲和爷爷在家庭的油灯下长哭和流泪

这些泪从小就流进了你的心里，这些痛恨和愤怒

像母亲的乳汁灌溉让你生长的田园，你是这田园中

越长越粗壮的一种收获，你是你家族中最为丰收的一个秋天

颠沛流离，是你昂首向天的充沛营养

所以，你被贬再被贬，像必须经过的一道门槛

只是不想随着季节和万木花开一同茂盛啊

倔强的陆游，你只是想

独自在凋落的国家中挽回一道昨天的盛宴

踽踽独行在绍兴的城边，这不是第一次

出走而后回来，这座老城，变成了旧时的一种怀念

无意苦争春，一任群芳妒，你想着卧薪尝胆的

你的老乡，你绍兴的勾践，他最后的得意

是你永远难以完成的一种宿愿，不争春

就让春天像鸟一样飞走，对于你

真正的春天永远在难以到达的

你抬头的北边……

群芳妒

一怀愁绪，几年离索。错错错。

最有趣的创新恰恰在你握住了她的手，一个女人

是一个世界，她的城门、小巷、花园小径和

秘密的城堡，这些，你从前青春飞扬的

飘带飞花的青葱时代从未注意

但相濡以沫恰恰在于你的行走、习惯

你的阅读、你那些挑灯夜游的兄弟嘴边喷出的酒液中

从未有关于她们的真切论述，但你遇见

切入，并且相容相让相互交合在一起

你爱她，宽怀包容了她的一切

于是你发现整合才是新的出发、接触

和容纳，是新的创新与坚实的基础

不管你以后有何改变，闭门读书

或者闭门造车都已被今天关到了门外

你拥有了今天，就像你终于感到

你最少也已经拥有了半个时代

但是忽然，你的妈妈赶走唐琬

痛，不是你从此失去了爱情

而是你的生命，从此被时代割走了一块

你那么珍视重视的一部分身体

零落

塞上长城空自许，镜中衰鬓已先斑。

你写下《平戎策》

你来到骆谷口，仙人原

你巡逻在大散关向北方眺望

在定军山你细细布置据点和要塞

你欣喜中原在望，抗金前线

你终于把一口气吐在了边关

八个月，你的《平戎策》被彻底否决

招募你的王炎黯然回京，你北望再北望

但幕府解散，你平生唯一的一次

最近的北望啊，终于

也成了一生永远的回望

就像你写下的九千三百多首诗歌

散了，都散了，零零落落的

最后都成了嘱咐下辈的几页黄纸

家祭无忘告乃翁，我相信

你最后的灵魂一定又去了遥远的边关……

成泥

去年射虎南山秋，夜归急雪满貂裘。

1171年风过门铃，寒冷的早晨敲响猛虎吃人的消息

突兀而来就像另一种敌袭的哨音，你起身，佩剑

率骑而行，你领队冲向苍莽的秦岭，大雪落满了貂裘的披巾

马蹄踏飞了去年的新泥，落叶还没有从溅起

到躺平，你已经飞跃最深的树林：

青壁一削平无踪，浩歌却过连花峰

世人仰视那得测，但怪雪刃飞秋空

我此刻想象你打虎的英姿，我惊诧你一个写诗的文人

挥剑像另一道锐利的笔锋，铮亮的刀锋

你一定在廊下时刻擦拭，就像你

从浙江来到这接敌的边境

报国和杀敌，你时刻保持着前倾的手势

在这个国家你就像不肯低头的

最难抚顺的那几条宿命

从骑三十皆秦人，面青气夺空相顾

我难以想象你的从容，就像你的随从满面的惊慌

你的淡定使我再一次望向了绍兴

你刺虎，再刺虎，连武松这样的打虎英雄

也仅仅杀了一只吊睛白额……

一切成泥，有的护花，有的就一直被人践踏

唯有你，再死再散，都是一捧

永远浓郁的一缕香馨

碾作尘

客从谢事归时散，诗到无人爱处工。

所有记忆都开始变淡，无思无想一如浩瀚，一如
风吹花开，风却散入无影的存在
水边有、小径中有、郊外摇曳的芦苇上有
你的眼中，离岸的翻桨，校场中心
微微战栗的旗帜上，风也在上面
轻轻捏着信仰的耳尖

心里有风，世界开始摇晃
你我有风，时间开始滞重
陆游有风，整个南宋多了根骨头

如灰如土吧，或者如陶渊明柳暗花明
你斜身进入山重水复，如归如宿
也如泣如诉，只有我听到
并且愿意到你的桥上
伸出手，和你紧紧相握！

香如故

陆游之父入朝述职，夫人唐氏于淮河舟上诞下第三子，取名陆游。

两岁北宋亡，四岁金兵南渡

随皇朝再奔东阳，十二岁开始

写诗作文，二十八岁锁厅考试取为第一

被宰相打压，第二年考礼部

宰相直示不得录取，从此

颠簸不畅，成了陆游一生的轨迹

起伏飘荡更是应和了船上的诞生

三十岁，宰相死，陆游再出

因坚持抗金，排斥和冷落

成了他庭院中最旺盛的风景

采果摘梨，看天和望气

四十六岁，终于把这口气吐在了边境

仅仅八个月，整整一生

杀过虎，布置过要塞

但终于把冲天的豪气化作了

一笔一画的中文汉字，落在纸上
成为诗，成为最终示儿的一声叹息

宰相权力大，叫秦桧
现在岳庙里跪着矮下半个身体

诗歌权力小，有个陆游
史上称呼小李白，但我看你
更像是屈原，有太多人追念仰望
不屈的闪耀，像半夜里指导的星星

跋：北宋皇陵

南宋没有皇陵，据说皇朝相信总有一天他们还会去到北方，还会和祖宗们葬在一起。正所谓"生于江南，葬于北邙"。我心里带着陆游，我来看北宋皇陵。

我一个人来，生于江南，是的

我从江南来，若是在大宋

我便是一个微小的子民

但是葬于北邙

我何时听说？

我生于新中国

长在红旗下

大宋的大旗从未招展于我的头顶

我家右边八公里，岳飞持剑傲然眺望

他的《满江红》刷在墙上，我打小去看

秦桧跪着，表情沉痛，你怎么打他

其实他都不痛，他的老婆也跪在一边

其实她也不痛，死后的事情

只有你我在书里念叨

在喝酒时，我们说大宋居于北方

可是如果跨过黄河，摇曳的南宋

将去向何方？

整个皇朝，七个皇帝埋葬于此

还有寇準、包拯、杨六郎、赵普和高怀德

一整个辉煌的过去埋于地下

又有谁

对着荒草说天下的文章？

生于江南，葬于北邙。这句话

老师没有教，广播没有说，但是今天

我一个人来，我听到这里

忽然明白，为何南宋

没有像样的皇陵

带着陆游，我慢慢散步于空旷的皇陵

我来自江南，来自生长的好地方

但是这埋葬的家乡，我摸着沧桑的石像

我是该硬起心肠穿上北宋的战袍

还是该悠闲荡舟在南宋的湖上……

可是陆游，陆游啊

他快死了却还在对着孩子念叨：王师北定中原日

家祭无忘告乃翁

踽踽，我独行于江南……

2023 年 9 月

附记

小时得知中国古代存世诗歌最多者，是陆游，便敬佩。

陆游自己也说：六十年间万首诗。后又得知乾隆写得更多，竟然达到了四万多首（差点要赶上《全唐诗》了），但他却没被认为是诗人，这才想到原来写得多并不是一件值得骄傲的事情，而写得好，才是更为重要的。

陆游，便是浩如烟海的中国古代诗人中，不仅当时，也是有史以来被公认为最好的那些诗人中的一位。

后来又知道，原来陆游还被称为"小李白"。我想来想去，觉得对于陆游来说，这个称号，实在也没有什么必要，因为李白最大的诗歌特色是狂放恣肆，而纵观陆游的一生，虽然二者报国未成很有些相同，但细究一下，这个似乎相同的经历下，内容却有很大的不同：李白身处盛唐，开疆扩土，自有一种家国的豪气；但到了陆游的时代，却是要讨还国土，最后不仅没有讨成，整个国家还都丢了，故而更多的是一种屈辱和悲愤，一种压抑和反抗的精神。

也可能恰恰是这个原因，导致陆游一生多病，据考证家考证，从陆游丰富的病诗中，可知他患有糖尿病、龋齿、肺病、耳聋、近视、跛足、头痛、腰病等。一直到快死了，陆游还给孩子们写下了"王师北定中原日，家祭无忘告乃翁"。因此，陆游便戴上了爱国主义诗人的帽子。

爱国主义诗人的帽子，能戴上的不多，辛弃疾是一位。从某种意义上来看，屈原也常被人论为爱国，但屈原的爱国似乎更多的是一种被排斥后的悲愤与对个人前途和命运的发问，他问天，问地，上下求索，按照斯坦因的说法，有种迷惘一代的意味。而岳飞的爱国，他的"收拾旧山河，朝天阙"，以及他后来的命运，又经常被感叹为一种愚忠。另外，岳飞主要作为战将、战士的统帅而挺立。纵观一生的写作与行为，把个人命运与国家命运几乎像水乳一样交融在一起的诗人，陆游还真是最为突出的一位。

后来又读到了他的"驿外断桥边，寂寞开无主"。我住杭州，断桥是杭州极为有名的一处景点，许仙与白娘子的爱情故事就从断桥开始，但深入细究，又发现此断桥，非陆游的断桥。记得二十来岁的我，为此常常在断桥上走来走去，心中很是遗憾：为何陆游的断桥不是我脚下的这座呢？那陆游的断桥，又在哪里呢？至今也还是没有踪影。

再大几岁，又读到了"红酥手，黄縢酒"。接着又知道了原来陆游居住的绍兴和我居住的杭州，在民间，竟然有"夫妻城"的说法。绍兴旷达，嗓音宏大，绍兴大板音调高亢，特别响亮，故而为丈夫。而杭州温婉、秀丽，西湖更是像一位亭亭玉立的人间美女，故而为妻子。记得当时得知后，心中未免有些别扭，但细想一下，似乎也有些道理。这两座城市之间的关系历来极为亲密，哪怕现在，绍兴话在杭州也是通行无阻的，随便哪个杭州人都听得懂。甚至有一家电视台的某档节目还直接用绍兴话来作为主要语言，收视率颇高。

这之后，更令我惊讶的是，陆游还打死过老虎！不仅如此，他还打死了两只！我们都知道打虎英雄武松，但他也仅仅打死了一只。作为文人，陆游打死了两只老虎，但是在后来的诗歌中，他并没有大篇幅地津津乐道，而只是轻描淡写了几句："挺剑刺乳虎，血溅貂裘殷。至今传军中，尚愧壮士颜。"虽然陆游一直练剑，而且一练四十年，但毕竟作为山中之王的老虎不是一般人能够击杀的，更何况传统中认为文人总是身体孱弱，手无缚鸡之力，而击杀老虎的都是像李逵、武松那样的猛将。问题是，陆游虽然杀了危害老百姓的老虎，但他却并不感到特别满意，因为他最为希望的是上战场杀敌，他希望身上染的不是老虎的血，而最好是敌人的鲜血，故而他不仅不骄傲，反而感到遗憾。为此他写下了这样的《醉歌》："读书三万卷，仕宦皆束阁。学剑四十年，虏血未染锷。"读到这里，我实在难以想象这竟然是一位诗人的行为，不仅在中国，似乎在全世界也难以找到。因此，陆游的形象在我的心中变得复杂，变得丰富而又令人赞叹，特别是联系陆游痛苦的遭遇，他二十八岁锁厅考试第一名却被秦桧拿下，仅仅因为他的成绩超过了秦桧的孙子。秦桧还下令以后不准录用陆游，导致他报国的热情被当面泼水，直至秦桧去世，他才终于出来任职。

一位杰出的诗人，事业不顺，爱情不顺，身体多病，却偏偏又活到了八十五岁。这位写下"山重水复疑无路，柳暗花明又一村"的诗人，这位有九千三百多首诗歌存世的诗人，不知不觉，他其实早已经活在了我的血脉里。

《与陆游去驿外看梅》就是在这样的一种心怀下开始写作的，我持着一种前去与陆游相见的心情，在具体的写作上，我更是采用了一种穿越或者叫神游的方法，就好像我也来到了陆游的时代，我和他一起喝酒，和他一起跟随他的父亲陆宰逃奔东阳，和他一起去镇江认识军队都督张浚并获得赏识，和他一起去沈园感悲与唐琬的离别，一起去骆谷口、仙人原、定军山等前线据点和战略要塞，一起到大散关巡逻，并和他一起眺望北方的故土山河，也可能和他一起流下疼痛的眼泪……

我跟着他，看着他，握他的手，感慨他的感慨，悲伤他的遭遇。不知不觉，我和他已经活在了一起，甚至，我活得比他自己更明白他，或者说，在写作的时候，他有时是我，有时又是他自己。至少在这组诗的写作中，我和他已经深深纠缠在了一起。他的命运也就成了我的命运。

作为一个二十世纪六十年代出生的诗人，一般来讲，我们都是从接受西方诗歌的启蒙而开始写作，特别轻狂无忌的青春时代，更是以反传统的精神作为前行的指向灯，所以，很久以来，对于中国的传统诗歌和诗人，一般都是采取无视或者是忽视的态度，但无论如何，我们都生长于中国这块土地，我们读书，思考，我们欢笑，或者悲伤，也都深深地植根于脚下的这块土地。中年以后，这种深植于生命中的文化和诗歌精神浮现出来，慢慢地，在我们的写作和生命中，它们开始说话，开始向我们的生命发散出它们独有的光芒。

需要强调的是，中国的唐诗宋词，远远不是那么简单易读的，当你深入，会发现很多的古诗词并不那么容易理解。这不仅仅是中国新诗的问题，这是整个"诗歌"的问题，民众的诗歌教育尚嫌缺乏。

另外，在具体的阅读和写作中，古诗词因为它本身的强大和丰富，很容易侵入新诗写作的习惯，容易影响和带歪本来健康的新诗写作。这也是需要警惕的。如果不够清醒而严加把控，作为写作者，也是容易走弯路的。更何况，就算是古诗词中，也依然有很多作品写得一般却被后世因为偷懒或者理解力不足而莫名其妙地抬高，这些都是我们在写作和接受中需要清醒认识的。

以上就是《与陆游去驿外看梅》的写作后记，请方家指正。

2023 年 12 月 7 日

与杨万里同行

组诗六首

诚斋体①

后人以"诚斋体"来论述杨万里的诗歌。

找一个方向，要给这几十年生命找一处山峦

或者有一处田园，可以安心、安肺、安下半夜

无数穿墙而过的世上风云，最终得到天亮

可以在含血含命的文字中，得到一缕人间稀罕的

负氧离子，就像一个孩子没入黄花，和黄花一起摇曳

消失不见，使寻找的杨万里嘴边微笑，就像一滴水

艰难曲折，终于躺入无涯的大海

是无涯，在品种繁多的波涛起伏中

安下自己如飞絮的生命

终生遵守，以诚为斋，并非是拘泥墨守拔不开脚步

恰恰是坚定坚持的底线和方向，手指按弦

终于拨出了宋代底蕴的别一种波澜

---

① 杨万里拜谒南宋中兴名相张浚，张浚勉励杨万里以"正心诚意"为学。杨
  万里将书房取名为"诚斋"，并终生遵守。

小池^①

小荷才露尖尖角，早有蜻蜓立上头。

和春末一起出发的，是杨万里难得闲暇的一个下午

最早的消息来自家乡的阳光雨露，还有穿透江西诗派的无数次

深夜难眠的改变思绪，诚斋体的早年风貌

在杨万里的眼中渐渐成长为新的山峰，一座被后人

不断推崇的清新世界，诗歌可以和大地同存

就像眼前这一枝小小的荷尖，水到渠成

无须宏大，更无须风云雄浑的翻卷

大千世界，用小小的一只蜻蜓

依然可以把整个季节平衡在薄如纸页的两小片翅羽下

是这样一种崭新的领悟，在默默凝视一片水域的

春末的下午，在杨万里奋笔挥下的锋毫中

世界有了一种新的阅读

---

① 《小池》是杨万里诗风转变之作，也是诚斋体的早期代表作。

悯农[①]

已分忍饥度残岁，更堪岁里闰添长。

和炊烟田野以及晚归的牛羊长期的相濡以沫

他更加熟悉农家的脚印和额头上滴下的咸涩汗水

多少次他望着家乡那些熟悉的村民扛着锄头从家里出发

他们和田里的野草做无休止的斗争，那些垂头谦逊的

饱满的稻穗，是他们内心最为满足与期望的梦想，哪怕在床头

在深夜的油灯下，丰收永远是他们脸上最快乐的一道皱纹

作为诗人，他的情感早已深深浸入了他们的眼眸

喜怒哀乐，也早已习惯性地和这片土地

连在了一起

他了解他们的疾苦像了解自己半夜的诗句

多少天不下雨了，他甚至比农人们更加着急

伤感与焦虑，他已经是最深刻的一位农人

他在纸上播种，在诗歌中插秧

---

① 杨万里长期生活在农村，对民间疾苦和农家风俗有深刻了解。

他抬头期望
天下永远是令人满意的风调雨顺

这一刻，他不再是简单的一位诗人

黄 蝶[①]

儿童急走追黄蝶，飞入菜花无处寻。

没那么复杂，就像眼前的这个春末

就像一道篱笆可以把整个世界隔离在外面

篱笆里自成体系，小路按照小路的方向自行伸展

花朵按照自己的心愿自由开放，让河流去翻越

千山万水，大雪和冬天相依相伴

就像诗歌，只要从内心一步步走来

越直接朴素，就越会掀动起人们的血脉

今日诗坛谁是主，诚斋诗律正施行，就这样

杨万里完成了自己的家园

---

① "儿童急走追黄蝶"出自杨万里《宿新市徐公店》。杨万里的诗歌自然活
  泼，通俗亲切。他大量汲取生动清新的口语入诗，往往"假辞谚语，冲口
  而来"（蒋鸿翮《寒塘诗话》）。

宿新市①

篱落疏疏一径深，树头花落未成阴。

新市不远，抬手就在指边，有书生在此起飞

先跨桥，石砌桥栏，有雕花，细密地讲述大唐的往事

讲述桥花遇风雨跌落尘埃，化作泥，被整个小镇偷偷掩埋

杨万里闻酒前来，闻桥花跌落了一池青春，风中吹拂，直到
　临安

取新市，再次断绝过去的烟尘，哪怕树根

也希望枝头长出新的花瓣

闲暇之余，坐小轿，看黄花香遍了整个江南

人死酒在，多喝几杯，在酒中倾述

在倒下前讲述痛饮的疼痛，讲述儿童和黄蝶齐飞

在新市，现属德清，被我一次次从菜花中捡起

徐公店早已消亡，土酒余香，并不知名

一滴滴，还挂在宋代诗歌的前面几页

----

① 新市，今浙江省德清县新市镇，为宋代酿酒中心。杨万里流连新市西河口
　林立的酒肆，痛饮大醉，留宿新市徐公店。

荷花①

接天莲叶无穷碧，映日荷花别样红。

景色这里自然美好，水安宁，杨柳自在梳理着夏风

你要去福州，你眼中不断荡漾远方的彩虹

远离朝中京城的日月，你认为这是你

开向黎明的一道轩窗，一道滋润生命的清甜泉水

我无言，陪你最后走一走这座西湖

你看，莲叶不动可以生长到天边

荷花把太阳开到了心里

水珠不能动，湖水广阔，但是水珠

一旦落入便成看不见的一道幻影

生命总是在相聚中分开，就像此刻的你我

这首诗送你，还有眼前的这座西湖

---

① "映日荷花别样红"出自杨万里《晓出净慈寺送林子方》。林子方是杨万里的好友，他调离京城去福州任职。林子方很高兴，以为是仕途升迁。但杨万里不这么想，写下此诗，劝林子方不要轻易离开京城。

我依然无语，就像此刻

你早已把这里当成了福州……

2021年12月

在杭州，随柳永的字句走上两三里

组诗十六首

题记：雨霖铃

天空如果下雨
我们肯定全被打湿

雨如果下得淋漓
我们肯定就全身湿尽

柳永属于他的江南
但他的江南从来不属于他

他只好走向广大的人民
穿街走巷，在雨中红袖中阁楼上
用才华去换了酒香与稻米……

寒蝉

是落了羽毛最后的啼鸣
对自己说话
自己不答应

握紧枝杈高看世界，看秋风
一件件剥尽大地的春衣

唱，给谁听？
千年千番更替
有谁
能停？

凄切

大事已经发生，蝉鸣断断

续续，讲着过去的热情

欢情短于寸金

你的叹息被秋风吹尽

只剩下两道眼光

看着湖水

无声。秋风

吹过

也各自领着皱纹归去

对长亭晚

长亭进入夜晚

进入羌笛、进入晚风

进入杨柳豆蔻的梦境

有人被梦境带走

门上留纸条，说该走就走

留在亭中生命不如一碗粮食

粮食能吃，更多人

坐在梦的门口

吃饱了就伸手去

撩拨一下梦的裙裾

做梦，或不做梦

就像长亭

早上阳光灿烂，夜晚

月色清冷……

骤雨

骤雨初憩

如一匹独驴远去

如李贺走了一天沸腾的大唐

没一则走心的小道消息

骤雨是

突然一道公告

你的上级两腕并紧

被更高的上级牵手带去

骤雨如我

年过半百

坐在驶过人间的车窗前

思想人的一生，怎样

才能不像一张废纸

初歇

有明眸皓齿点亮了长裙，也点亮了
这一带妖娆的路灯
谁的青春顶风冒雪踏上了长堤？

渐渐夜深，千家万户被睡眠带入了她家的边门
我也是，床上惊起，只看见
月亮像惋惜，弯弯冷冷的
刚刚离开我的窗棂……

兰舟

花钱买兰舟，我送你
岸上人流都在主体规划的手指之中

从家庭的角度看
每个人都是一则气象消息
只要开门
就会有灰尘

所以上兰舟，去起伏的水上漂浮
花尘埃的钱
走离开尘埃的路

谁还在发言？下面的人
还在艰难地挺着这个下午……

凝噎

上面有人说话，上面有上面的

精神意志，有高音喇叭

雄浑视频，如风

扫树林，也扫广场

也震动几条日夜值班的

偏僻陋巷

下一阵雨

落一夜花

雨落黄花的静息之间

凝噎

不能回首

楚天阔

和光同尘
和江水同往更低处前行

和自己同呼吸
和风雨同钢筋大楼一脸冷寂

和家庭同日月
和敌人同一种阴谋算计

和好人同微笑
和你，我的兄弟
同一种告别
却是别人眼中不同的两条生命

今宵酒醒

算了

让自己与喝醉相依相伴，并无红颜

也无阿里巴巴前来告知：你有好消息

家庭也是风雨

活着便是风雨的树根

朝人微笑，需要佛教

坐下辟谷，需要灰心

来吧，万古愁的牛皮吹得太大

一小盅

刚好让此刻的时间

睁开眼睛

晓风

最初的晓风是家门口擦肩而过的两条辫子，是一件红上衣

向路灯口走去，她等她的爹

然后她得知她的爹

忽然杳无音信

她伤心、惊讶

一串眼泪洒过门前，洒到了我的家清白的石阶上

有不解风情的青苔也承受了她歪斜的踩踏

就像秋雨，从来不管人间，只顾着落下

哪里低，就往哪里流，多么像人间

像她，最后就成了街上最著名的

一道眼光，谁都不敢直视她

晓风故去，变成一道传说

只是除去了悲伤，留下

凄哀的一道风景

一弯残月

挂着

永远不再说话……

残月

残月喜悦地看着人间，有更多的人知道

残月之后，圆满就像窗帘背后的

那一捧鲜花，怒放

或干脆一花不放

虚设

船娘点灯，如果灯不亮

船娘就会想起去年上岸的那个男人

那男人眼里有光，手上有老茧

但他的嘴里却没有语言，他不说话

他一直看着船上的风灯，直到灯光低暗

他走了，沿着最后一缕光一直走到黑暗深处

船娘从此没了他的消息，船娘从此

对点灯特别在意，如果灯不亮

船娘就会对自己生气

就像我，或者你

如果没有灯

我们就会觉得缺了一个人……

与何人说

有爱你的想法，想抱你，想带你远走

也有停下远离的念头：两股风

在两个地方吹，一个吹山林

一个只吹门边的街巷

瀑布自天而下

不顾惜生命

那是绝望

就像荆轲拔剑狂歌于荒凉的岸上

他还没出发，死亡已经

在他的鞋上向下一步发信

秋天不仅带来金黄，也带走热情

只留下念头，如流星微萤闪烁飘忽

忽而在江上，又忽而消失在

人世嘈杂的红灯之下

在诗里写诗，就像此刻

看自己到底能够在哪些字句中

彻底安家

跋：柳永

曾为盐官

比陶潜的五斗米更多一斗米

也曾规划土地，更广阔的眼睛

也曾望向凶狠的海域

一小盅酒

一双白腿与媚眼的斜视中

弃了，都弃了

全部才华向微醺倾斜，连死

都倒在肥妓的怀里……

可惜，不认识你

追思你竟然让苏轼生妒

点起一支烟，烟雾袅娜的人生中

我对你说：你可以

你非常可以

再跋：西湖边遥寄柳永

杨柳依依，你去京城无枝可依

你伤感桥下流水冷如路人，水上石桥

对你轻抚的手掌紧闭坚硬的眼睛，你不是首领

虽然你在这棵树边种下了爱情

古人折柳，我不留你

杨柳再多情，一遇秋风，就干脆把衣衫脱尽

把整个西湖当作酒杯，把天与云与山与水

当作难得遇到的陪酒的兄弟：

一喝：为大地永存，没有我们，它继续永存

二喝：为此刻，没有我们，此刻就如丢失父母的一双儿女

三喝：为以后，为我们曾经在诗歌里同行

然后走散了，然后杳无音信

最后一喝，我们从来不曾相识

我拍拍你的肩膀，就当我们此刻如黑发的年轻人

握手，不奢望，彼此珍惜彼此的眼睛……

2022年1月

读江南春与寇凖同作小令十八阕

波渺渺

风光在风中远去，只剩
光芒，就连光芒
也住在别人的家里

波渺渺，就像我和自己
越来越远，带着眼睛
睁开，想一想
到底是谁在看着自己？

柳依依

依人柳条才能依依，才能柔软

才能使春风明眸皓齿

心底才能

出现流水

潺潺并且不间断。可是伊人

是谁？谁的肩膀

又能依人？

孤村

所谓孤村，只是另一种旧社会

我们都走进新城

所以孤村

那么远

梦里

又来

对于未来，我们难道

不是孤村？

芳草远

近古道。我们不是古人

樟树八百年依然年轻

我们六十饱经沧桑

近古道，像照了一次镜子

对世界

又加了点眷念与珍惜

斜日

日，本来不斜，是我们的目光斜了

就像月亮，本来不弯

我们过平凡的日子

本来简单，但是

我们的目光

是不是经常斜视？

杏花

杏花飞，不久就有杏子来

就像气象预报

就像意大利人克罗齐

他说一切历史

都是当代史

那么活生生活着的我们

都是历史？

如果不是，那我们应该怎样生活？

飞

像岳飞那样飞？或者像
火箭到天上，然后就
永远不回？

谁都想飞，可是一旦飞了
你的脚
和大地
就越来越远……

江南

终于说到江南，我的蚕豆和油纸伞

我的小桥和瓦肆勾栏

我邻居张二萍

貌美如花

可是梅雨季节细雨不断

她终于嗓门大如铜钟，甚至浑厚

一开口，后门就惊走了三条打鱼船

我的江南，小小的，瓦片下的一捧花

莲田里采来的一碗莲子，现在是饭后的

一道消闲

春尽

天下欲望在所有的手上，

为了开花，春天匆匆赶到大地

正如男女，你来我往

崩了多少精致的婚床

憋着不能哭，儒学说

你看钢刀锋利在刃口，你若

空无一物

如大气

钢刀再锋利又切向何方？

离肠

蝙蝠飞出内心，似鸟

却在翅膀上飞出了黑夜

鹦鹉能说出人的语言

却终于还是另一种禽类

谁没有离肠？谁没有绝望？

谁没有捏着自己的生命

像人一样无奈

像一本书被秋风彻底吹乱

立场多么艰难

满大街都是离肠难断的手指

断

当断不断，如萤火

坚持在身体内持续发光

坚持要照亮一点点黑暗

所以有微信邀请好友

所以有白酒一瓶瓶打开

所以有世界在白酒中沸腾

哪有那么多真正的男人

白酒说，它见过太多退却的眼睛

当断不断，最后只剩下

几段呜咽，像空瓶子

遗忘在餐桌上

被女服务员拎走

汀州

天下在汀州之上，他出走汀州

闯天下，家里无人，铁锁锈迹斑斑

杂草在他的屋顶招摇

信心的旌旗早已被北风彻底吹凉

太阳落下，他杳无音信……

谁是法则？

月亮来了，黑暗是汀州

太阳来了，光明是汀州

我哭

或者笑

或者他走

这一切

谁定的法则？

人

空气与空气相互凝望时，树叶在背后
悄悄生长

孩子与火烧云相互怀疑时，夏天
不穿一点衣裳

星星在后院里排着队出发
音乐培养音乐家生长

天空是一面旗帜飘扬在沉静的眼睛里时
碗里都是忧伤

风像时间一样，只要你抬头
泥土就是花朵的营养

未归

如梦飞，如白絮轻扬，我去过哪里？

忽然想到，我刚刚走过四柱亭前

亭前有一座微小的野桥

我回首，嘴边不自觉

有一丝微笑

微笑起

水鸟惊飞

水面飘落一支翠绿的羽毛

天在上

太后端庄坐得高，优雅也高

隔着珠帘她在想

那些外国人

为何

脑袋上

不养辫子？

帘子后

太后优雅

她和人间

有一道帘子

与山齐

别人不敢登，你登，仅这一条路

威风凛凛

你以为你在探险

问题是

你在路上

别人就只能等在你背后

红日近

孩子的随性最恐怖，昨天说

太阳要

杀死大地

今天

他又说

太阳

要温暖春天

白云低

一句恶言，你的天空落叶三天

历史只记结果，废墟是真相垮掉的面孔
正如虎吃肉，虎骨却成珍贵的药酒
人喝酒，太多生命却冻死在
寒冬寂寞的街头

多少人都是落叶
白云低，多少人只能从落叶出发
不像太阳，它只管发光，白云
再低，也仅仅是它眼中的
一小点飞絮

2023 年 6 月

在黄昏，观李清照寻寻觅觅

组诗二十三首

寻觅

走来走去，有多大的天空？

眼睛里有墙，世界就在你的围墙之外

换个人想想，他的体态、他的声音

他手指和胃口喜悦的纹路

他与你的关系

在不在你的围墙之内？

属于你的花园

多少伤口花木扶疏，被衣服遮住，你寻觅

但是，向外的世界越宽阔

你的伤口

会不会

越是难愈？

冷清

斜阳照亮溪边的驿亭，我也曾喝酒

也曾伸手指点几尾水田的白鹭

一只飞起，另一只也一定跟着展翅

它们啼叫着饮食的欢乐，她跟着他飞

不用自己的头脑思考，不需要考虑

生活的方向，就像当初的你我

赵明诚①，你怎么飞一半就撇下我走了

只余下秋雨滴打着江南弯曲的溪流

这弯曲而不知方向前途的溪流

在我脚下无声地流动

这无声，也像我此刻手上的诗签

没有一个字可以落下，我在独自飞

冷冷地飞，江南有无数的葱绿的水田

可是没有一个字对我说，走，飞起，跟着我

---

① 赵明诚是李清照的丈夫，四十八岁去世。

凄惨

这么高兴，怎么凄惨？

这么青春靓丽的豆蔻红颜，谁会去想

日暮落、霜满天？

苦难缓慢地拖着炊烟

这些难过的倾述，又怎么会是你

身披薄透的嫣红姹紫，含羞低首新婚十八岁的那一个夜晚

当他翻墙而逃，撇下你，也撇下了整个城市①

忽然之间，你心中的大厦倾倒

才下眉头，却上心头开出的那朵花

花上滑落一片凌乱的泪珠

不满，而且沮丧

而且悲哀②

---

① 赵明诚任湖州（也有材料说是江宁）知府时，城内叛乱，他害怕竟至独自
　翻城墙而逃。

② 赵明诚因弃城而被撤职，夫妻关系从此蒙上阴影。

当这一切全部消失

除了凄惨，还剩下什么？

乍暖

田野知道有人要来，全身开满了鲜花

野草遍地知道有人要来，而拼命长遍天涯

雪豹全身长满了梅点，人群庞大，他只能走向

更远的山间，人要来了

河水冷冷流在大地，它无言、摊开，它走不开

安顺地等待命运的曲径通幽

或者是灾难的大漠孤烟

乍暖时节，北极熊像一个失恋的男子

独自晃荡在无冰的荒原

你在争渡，惊起一滩鸥鹭

挥手喊叫之间，你唇边的微笑无人看见

还寒

一蓑烟雨下江南，小院安顿

草木条石早不如从前，雨还在下

细细的、斜斜的，如燕子展开的双翅

不是不能正面飞翔，而是风雨如催命的金兵

前脚紧跟着后脚，血泪人命如披倒的草芥

一整个皇朝也跟着奔溃

只剩下斜飞，乱飞，飞江南

装满金石书籍的大车一辆辆散佚

心痛的夜晚早已经被油灯摇晃得不能自立

女子心大如天，又如何顶得住

纷乱的脚步不停冲撞，再多的心愿

此刻也渺茫也颠簸也来不及落泪

而纷纷扬扬……

难将息

江水独自流，人独自走
手中这杯酒又是谁的问候？
芦花开在滩涂，一片片相互不帮助
都以为自己最美，都以为
只要自己摇曳，季节就会来到自己的额头

岸边谁在唱歌？声音在嘴上说着往事
有鸟被声音惊飞，一群群喧嚷着集体的田野
春天也曾经看护过它们，鸟儿依旧在
春天却离开了我的窗帘

失眠的眼睛在半夜睁开，明天遥远
我还在黑夜的中间……

三杯两盏

夫妻一路同行，心却往两边去了

这都是往事，郊外芦花在无人处黯然自诉

它自诉天上的风像地上的人类

那么无主，而且无助

头脑都掌握在别人的手中

三杯两盏，独自对着小院饮酒

艳黄的南瓜花不长南瓜，不懂农事

雨水多而肥料少吧？再端一杯

就像人间，安宁少，而飘摇

颠簸又总在寒冷中被很多风吹着……

淡酒

偏僻小镇，青山绿水在镇外排开，惊讶
是城里人的事情

一挂吊兰是市集上花钱买来，其实
也没什么可看可玩

台阶上点点滴滴都是去年留下的苔藓，下午的光
刚从青苔向院外走去，走得慢

什么都是静止不动的，生命似乎被封印在
院外小巷婴儿的喊叫中

手中一杯淡酒，与不甘的眼睛相依相伴，甚至
全世界
动的，只有时间……

晚来

晚来想起雪山，连绵、叹了口气
丢下了一个湖，叫天池

这些天上的眼泪，干净
至少在落到地面之前

人，要是不落到地面，会不会
也仅仅是一滴眼泪？

总之都是哭出来的，就像眼前这一道飞云
缓缓的、慢慢的，总之都是一些晚来而弯曲的炊烟

风急

秋风大胆侵入了山林，林地无声

承受着无数衰残的落叶，一叶跟着一叶

所谓山山黄叶飞，那只是命运被强逼到了终点

尘埃飞起，也飞走了无数双期望的眼睛

此后是冬天，你掐断手中的一支玉钗

去往他乡，过江过河再过田野

风急如追兵，逃亡路上

你也如尘埃不再打扮……

雁过

有落羽落于眼前，你少女时便冠压群艳

苏东坡的大弟子晁补之竭力推荐

著名的王灼甚至赞你"才力华赡，逼近前辈"

你的父亲李格非满屋子藏书

你车马锦裘转过街角时

有多少人背后指点你：昨夜雨疏风骤

浓睡不消残酒……

是的，你好酒，甚至你还

喜欢赌博，人生如梦不如大醉一场

至今思项羽，不肯过江东……

但人老珠黄，一切都如天上的大雁

雁南飞，或者北望，所有一切都轻飘飘的

飘于虚无，恰如眼前的

一叶落羽……

伤心

从汴梁出发，一步踏出，故乡就变成了梦乡

每一步都走得不情愿，每一步

都好像自己的一部分血肉

被硬生生扯出了自己的身体

遥望，一步一回头的遥望啊

你低首擦去眼角的泪滴，却抬头对他说：

没事，走吧

眼里吹进了一粒细沙……

旧相识

有人擦肩而过，他没回头，你却频频回首
金丝镶边的长衫并不合身
他穿着它走，左肩比右肩稍显低窄
那么像汴梁黄昏的那条街，街上的那个身影
也是酒鬼，也写诗，也会忽然在聚会中站起身
大声而目中无人地宣布：
天下的山头都是凳子，都等着他坐
都等着他去抚摸它们的身体

你扶着栏杆站起，你自己笑自己：
李清照，就算他是他
此刻，你也早已经
不是自己

满地黄花

河流对面，因为我而满地黄花

不是因为土地肥沃，也不是对人间

有多么向往，只是因为季节到了

满地黄花，它想不开花都不可能了……

也像我此刻坐在河边，我也到了黄花的季节

河上有渔船，渔船上有渔民，他们打鱼

卖鱼，或者吃鱼，他们简单，不会写诗

更不会畅谈祖国和天下

满地黄花，是不是仅仅因为

我想得太多，或者仅仅是

我在屋里，坐得太久了……

憔悴

继续黄花，开花之后向憔悴走去

河流终结在广阔的沙滩，寂寞是因为人

太过多情，河水在河里流着，或者

最后躺入了沙滩，就像睡着

不想醒，就那样去了，像风筝

线断了，难道不是另一种广阔

正向风筝展开？

被牵着线，活着，或者叫努力活着

难道不正是另一条

牵着我们的线？

如今有谁

花落花丛，人入人海

你来到江南，左右没有一个陪伴

如果有，那是酒，但是

喝一杯就少一杯

最后把自己卖进了睡眠

半夜醒来，忽然看见窗棂上的月亮

它也自己陪着自己，甚至

它都没有一杯酒

孤零零飘在天上

有时胖，有时又瘦了

你躺着看月亮

罗衾不耐五更寒①

———————————

① 出自南唐李煜词《浪淘沙令》。

105

你想不是罗衾单薄

而是人心，寒了……

窗

窗外没有血，血流在北面

故乡的万里河山都在血液里绵延

抬头看窗

窗上一挂吊兰

孤零零挂在空中

努力伸出一两根枝条

下面

不着地

而上面

吊着

一点点

还活着的时间

独自

人总要出门，出门就是人
无论街道还是广场，无论集市
还是孤零零荒草的郊野
我站在那里，我就是一杆人类的旗帜
所以，哪里有独自这两个字？

什么时候，我能够离开人独自分离？
哪怕我死去，也依然有很多人
都死着，都和我挤在一起

清明时节雨纷纷①，现在
那些纸钱轻轻飞扬，说到底
这些
也都是人类丢出的东西

---

① 出自唐杜牧诗《清明》。

梧桐

枝叶纷披，有那么多野望

好男儿都在塞上，把长风当作鼓舞的歌唱

谁都拎着自己的一条命，谁都只有

自己的这一条命，但是国家一分两半

故乡成了梦乡，梦里点点滴滴的

都是天上下来的雨水

寒冷，而且冰凉

雨水都是从天上下来

梧桐喜，或者悲伤

从来只有承受

无语担当

细雨

今年下着去年的雨，大车上

有人说着新来的消息

人若坐着不动，新旧也就如翻一翻手掌

只有石阶上的苔藓，慢慢拱开土壤

静悄悄躲开人类的眼睛

把绿色长遍了冷僻的地区

梵钟也有，一声声敲响在遍地的雨水中

悠长的、干扰人思的、穿越时间的

不肯歇

似乎庙堂

比屋堂多一层抵挡

坏天气，下着雨

人心里只有坐下的力气……

到黄昏

门神贴久了也会生灰，日头太烈了

猫犬也卧地而倦怠，我看着青春的尾巴

一点点从发梢走到了对岸，越走越远，白雪覆首

连窗帘也不愿掀开，就让它挂着

就像自己也一动不动，就这么孤清清地

挂在人间

更多人一一离去，耳濡目染后，再聪慧

又值得几条青菜？

身边没有人，日头

又偏西

整个世界都含在一口

轻轻的叹息里

愁

阳光洒旷野，壮丽、广阔、无边无际
阳光晒不到的地方，一片孤寂

时间洒人类，树木、牲畜、鸟兽虫鱼
纷纷生长后纷纷死去

纪念碑上不生草，大海之上没土地
看不见的是空气，是虚无，是一眼望去
那些你看不见的东西
是时间，点点滴滴那么具体，可是
我们又哪里看得清
它到底在哪一部分的身体里？

一壶浊酒喜相逢①，愁天下
其实是断崖站在路口

---

① 出自明杨慎词《临江仙》。

没法走，干脆坐下

数老来的秋风

让自己

走进了酒精

叹李清照

女人中的女人，那么早

你就提出诗是诗，词是词

你写下《词论》，那么清晰地

点出词有别于诗和散文，"别是一家"①

所以你批判苏轼和辛弃疾

生当作人杰，你抬头

无视当朝那么多斜视的眼睛

你赏花、饮酒，甚至赌博

喝醉在船上就与荷花一起共眠

你叹金石、访字画、和雨水一起

在窗帘下写诗，你也娇柔

也凄惨，也寻寻觅觅

终于老去在异乡的江南

---

① 出自李清照词学论著《词论》。

女人中的女人，我想拍案

却又把手掌放在了桌上

2023 年 10 月

邀苏轼与迪兰·托马斯同看大江

组诗二十八首

引子

风送音乐窗外传来，弹的是大江东去

大江漫过满地金黄的银杏叶片

在窗前一波波涌伏

在桌面上散开

最后

就到了自怜自宽怀的那一弯江月

深秋了

我看向窗外，鸟声叫残了各色树杈

我抽出书，迪兰·托马斯

那么我们走吧，让我们下楼

让我们去江边会一会这个古人

带点酒，带点下酒的鸡肉

白斩的，再带点酱油

此人贪吃、爱游玩

还好谈机锋，迪兰·托马斯

你若不习惯，那就我来

大江

古今中外都有秋天，但把秋天当成一杯酒
大概只有你，苏东坡，和此刻
还活着的我。迪兰·托马斯
坐在秋天的门外，我端过这一杯酒
请你喝，满山红叶，或者满地
各种哀残的落果与微寒
我知道你永生难忘那条公园大街
那里的管乐摇动树叶，纷纷然
撒向孩子和保姆、花匠、瘸子和
懒汉，还有一群叽叽喳喳的男孩
既然如此，那么你听一听孤独
而又萧瑟的竹箫吧，或者听一听
几根细弦拨出的琴音，中国的古音
要么凄清，要么孤傲，要么干脆
来一大堆铰钹鼙鼓如大江狂放的波涌
总之，你听一听，听到心里去
你就会看清这个古人的血脉

苏东坡，三起三落，这另一杯酒

正为他布置，不像你^①，他酒量小

但只要端上秋天这一杯酒

路再远，哪怕千年，他也会奋身而起

寻香而来

---

① 迪兰·托马斯的酒量堪称一绝，从早晨喝到深夜也不露醉相。

东去

殿堂之上，多少人饱经沧桑

多少人在梦里直达天上最亮的祠堂

有没有去过田园？去和野草野菜通宵达旦

给山林的夜风敬酒，给飞过的蜻蜓递一根青菜

上天入地，只是多少辈殷切的一双眼睛

慢慢长大了，慢慢都登上成功的危崖

危崖过后，你的脚又踏在什么地方？

那是你们的想法，迪兰·托马斯

他扭头指着我转向了西方

哪怕黑夜，也只是一种力量

你可以抗拒，可以正面击打，而且

哪怕老了，你也不要温和地走进那个良夜

哪怕老了，也要咆哮，也要燃烧，也要像

刚刚长成的青年一样，该怒斥

就要怒斥，不需要太多智慧，只要

活生生这一条鲜活的生命，为何感慨？

为何把搁浅当成一种滋养和时间的维护？

不需要，只要向前，只要舞蹈，甚至

只要狂暴地一往无前，光明

如果消逝，那就斥骂

那就流着眼泪咆哮

为何停止？他转身

他疑惑地望着我和苏轼

我们的脸上一片惊讶……

浪淘尽

见大山想天下，见大江想人间

见长发飘飘想世上无数的辛酸苦辣

见你，没想法，单骑入林荫

倚树下，和酒一起唱歌

把山风吹冷，把江上的迷雾一点点吹开

浪淘尽，遇雨则观雨，遇风则赏风

穿林过江只身而行，端着酒杯

所谓也无风雨也无晴，你笑

生亦大江，死亦土壤

几根寥落的白骨

又何必那么在乎白骨上

那些知暖知寒依附的皮肉

是依附就会分离，就像鲜花

它依附在各个季节到来的轻抚中

季节一去，花朵就四散，又在何方？

所以，东坡看着我，他说：

你这位朋友黄发碧眼，奋斗之于他

就像我们中午喝下的一碗鸡汤

确实，大江外还有大江，就像山峰之上

还有山峰，问题在于你的脚站在什么地方？

浪淘尽，千古风流人物，是你说的

他点点头，但是被大浪淘汰的时刻

你顺从，因为你知道大浪的力量

他又点头，但是托马斯在身边

撇着嘴笑了，他说：老先生

你大概根本不知道，还有一种人类的行为

叫：冲浪！

千古

所谓千古就是过去的时间，过去的时间里

那些过去的人，在过去的笔锋下

一笔一画为我们刻下的规矩

显露的疼痛、鲜血和悲伤

以及早已过去的光荣

和只能想象的辉煌

但是，这些千古

到底对我们有什么用处？

战争在能源的脑袋上奔走

版图在人类的鲜血上扩张

我们像大海里的一滴水，跟着大海

沉默晃荡，或者我们是从没人关注的

一块礁石，等待或永远眺望

才是我们唯一的希望？

不能这样顺从，不能放弃呼吸的空气

不能在大地上拒绝行走

正如最后，不能害怕死亡

活得再长又如何？

如果一辈子只能在青草的摇晃中

吃几滴露水，那还不如蒸发

不如蒸发后升腾起来，越过青草

让自己站在青草的头上

他是谁？东坡问我

英国的，迪兰·托马斯

他疯了，苏东坡挥挥手

我低下头，我一辈子最喜欢的

这个豁达的诗人，我真想对他说

他没疯，因为此刻我和他站在一起

我的思想和他

在同一条路上

风流人物

东坡走到江边，他眺望对岸那一片芦花

人生就像随风而飞的那片芦花，他说

不知什么时候会突然离枝而飞

离群而走，让更多的芦花看见它

更多的芦花跟着它翻卷，因为

它飞了起来，它们看见了它

他们崇敬，而且敬仰

因为他们从来没有想到他们可以离开枝头

并且可以

自由自在地飞到天上

风流人物，就是那第一朵芦花

我停下脚步，我真想对他说

你也是第一朵芦花啊，你一直是我

很多年来心里最好看的芦花

但如果芦花飞累了，如果天上没有风了

那芦花，又会落到什么地方去呢？

我回到家乡，为什么却感到离家更远了呢？

东坡笑了，他回过头指指我

又指向河对岸：你仔细看

每一朵芦花都有它自己的故事

一点点活，把每一个时刻都活在自己的计划里

活好在每一段时间里，变化

或者不变化，你那么在意

恰恰说明你不是芦花

挂碍太多，你就会永远纠缠在那一枝

你认为你命中注定的

细细的芦花秆子上

故垒

故垒重重，那是从前

你再看现在，满眼都是荒败的衰草

刘禹锡说：故垒萧萧芦荻秋

他还说：今逢四海为家日

他还有四海，可是我

早已离开这个世界，哪有家？

灰飞烟灭，碰到砖瓦便是家，碰到

荒径也是家，所谓，一钵即生涯

何处不为家？

他长叹，挥起衣袖又喝了一口酒

我摸摸残存的故垒，辉煌是家

残败也是家，家下有人，人在时间里

像游鱼，或是水草，或者也就是

水底下沉默的一片破瓦……

西边

大江分两岸，我在西边

独自读书、读字

读酒旗风中酒旗招展

一块黄布多少山下的眼睛向往

这样的日子，颠荡叹息

坐下，如果不死

大江如水袖舞过窗前

我们永远门缝里的日子，发呆

是日出、是日落，也是筷子

扛着日子和面条一起慢慢下咽

书房墙上的世界地图，多么广阔

宇宙，多么浩瀚，但是

一到西边，光芒落下

果子也落下，然后是大雪

用洁净扫遍了整个世界

一切就像从没有开始……

自怨自艾，迪兰·托马斯

又一次撇开了嘴角

什么叫开始？什么叫结束？

你吸进的每一口空气，你的眼睛

你的身体，你的脚，包括你身边的这条大江

此刻存在，就永远存在

而存在就是开始，存在

也就是结束，活着只有一次

只要活着就竭力地去活，记住

紧迫是活着的唯一节奏

所以，哪有那么多的开始和结束！

我正诧异，没想到苏东坡走过来

他拍拍我的肩，点头说：

这一次，你这位白皮肤的年轻朋友

说得对

三国

猪杀多了，身上会有杀气

猪的生死不在杀猪的心里，三国的英雄们

也一样，在关羽眼里，白骨为凳子

刮骨为吹风，无论自己还是别人

故而，万里江山只是一具头下的枕具

而奔腾的大江，也不过是枕边的

一杯半夜起身解渴的凉水

关羽如此、吕布如此

张飞、夏侯惇

你看刘备到了猎户刘安家里

刘安杀了妻子，割了妻子的肉

给他吃，他吃了，知道了

史书上记载他：不胜伤感，洒泪上马

有没有批评？有没有一点，哪怕一点点

惊诧和不可思议的愤怒？

他洒泪上马，甚至感谢，甚至

激起了更多的杀心

无所畏惧，也令人畏惧

整个三国一片荒寂

真正展示了万户萧疏鬼唱歌

从北到南，人口只剩下了一千多万

还不如当今的一个城市……

我停下不语。苏东坡无语

迪兰·托马斯，他翻眼思索

怎能吃得下人的身体？

赤壁

因为饿，我们四处出战，因为饿

我们妻离子散，这条大江是我们会不会

再饿，和可以吃饱的一条分界线

我们的眼睛比野猪的眼睛多一道亮光，那是

人道，我们知道忠义、廉耻、羞辱和光荣

我们可以死，但必须有一个死的目标

必须有一个方向在我们死亡的方向之上

正因如此，你看我们的船，船上的帆，我们

手中的枪，甚至手中的盾牌和弓箭

所有的一切都指向死亡，敌人的死，或者

我们的死，但是在死亡的上方

有一道光，有一个更高的方向站在上天

和大地的中央，所以，你看

我们站在一起，并排并列站在这秋天的大江上

我们是人，我们的脸全部盯着一个方向

赤壁，这里是渴求，是可以

彻底不饿的一种希望

苏东坡望着赤壁缄默不语，他写到周瑜

却没有写到战士，他写到光辉

却从来没有写过战场之上的鲜血淋漓

我看着他的缄默，死后再来

这一次他的身体更加沉重

他坐到江边，我走上去

拍拍他的肩，坐在了他的身边

乱石

大浪淘沙，细水淘金
乱石乱在河边，是早晨
纷纷起床工作的我们

手上干活，脑子梦想
跟着太阳肩上发热
随着月亮
脚心发冷

又冷又热忍着耐着
希望时间漏出鼻子喜欢的香气
在河边，抬头望着中流砥柱
乱石上有溅水，眼睛里
有眼泪，站在河边
像一批永远不肯失望的人群

这一次轮到苏轼诧异，他的手
又一次伸向了石上的酒杯

穿空

让战士的手长在我手上，让诗歌成为枪
整个世界，闪耀在枪尖上

向天冲刺填进我一生，单程车票
只去不回的车站，旌旗杂飞、尘灰四起
前路在掌纹上折曲漫长

该落的早已被前人落下，该来的，还在他乡
看鸟儿拿命拍翅冲天，落羽轻扬
也轻扬几曲残缺的歌唱……

我不低头，因为月光洒下的
不仅是凄凉，更多的是苍茫，更多歧义的方向
与脸
紧贴我内心桀骜的车窗

迪兰·托马斯，好一条汉子

他一边喝酒一边大声说话，好像大江

是莱茵河边的一座酒吧，苏轼长叹

他对我轻轻说：你见过扑火的飞蛾吗？

它们用尽力气去飞和交配，甚至

为了一点点温暖和热情，它们扑进大火

拼死发光，因为它们知道它们的生命短暂

时间一到，它们就消亡……

惊涛

波涛前追后赶，此起彼伏，因为
有更大的力量在它们背后
千军万马一起向前，你在其中
你想后退？你能够后退？一个人
就像其中的一滴水，不系之舟
飘荡、无主，这时候向前、积极
勇敢牺牲，甚至无畏
都是自然而然的一种主旋律

正所谓：凡事不能着力的地方就是命

其实，一旦大江看见你，你就死了
或者像岸边青草望着你奔腾而去
那么雄浑，壮阔，它会以为
你这是永生，也叫永恒
所以，从灯的角度看过去，黑暗
是敌人，但从月亮的角度看

黑暗，是她的恩人

我蹲下来掐断了几尾青草，扔进波涛
一转眼，青草就跟着它的永恒杳无音信

我说这就是我，你们信吗？
苏东坡无语，迪兰·托马斯摇头
他说：你这是消极，无端端多虑
是青草就拼命过完青草的一生
是波浪就极尽高度地奔腾一世
这才叫生命。我顺着他的话
坐到江边，这一次
轮到我沉默无言……

拍岸

水拍岸，手也拍岸，森林相呼啸

拿群山拍岸，云从天上涌下来

棉花拍岸，从岸上起身

我们的脚步踩着岸

就像一杯酒，我们一个个走进酒中

在岸边，亭上，蓬发飞扬

苏轼开始唱歌，少见

好听，是一首古曲

迪兰·托马斯

越听越着迷

再来！

我站起

呼喝响应

三个人六只手

此起彼落，拍岸之后

在亭中，我们又开始奋力地拍案

只要有水，就有岸

但是酒，不到醉倒不见岸

千堆雪

儿童堆雪，把冬天堆到雪尖

也堆人，挂围巾、戴红帽、睁着两颗

纽扣的眼睛，嬉笑逐骂，给人间

在大地上延续生存的欢欣

转眼头发上堆雪，眉毛上堆雪

命中被时间一层层堆雪

来了又去，从红到白

日落月出都是一场转眼的过程

看大江上波浪堆雪，岸边礁石上遇水堆雪

若我们是山里的三块岩石，没有水

更没有大江经过我们，我们

去哪里激水堆雪？上天不下雪

我们的头上就一片青葱，上天下雪

我们的生命就一片冰冷

若我们本身便是波浪，遇石开花

遇泥入地，遇大海便成了一片汪洋

你日夜饮酒，极尽猖狂，紧迫自己
竭尽自己活着的每一个小时
哪怕在英国，你这样消亡之后
还剩下什么？

迪兰·托马斯翻翻眼：那么，你消亡之后
剩下什么？

相遇和过程，仅仅如此。我看着他们俩
默默在心里这样思想

江山

能不能好好过点日子？我看见大江
从山边绕过，能不能在早晨安心起床
拉开窗帘，看几只鸟在窗前的树上飞起
河边小路上大妈和大爷们相互打招呼
手拎着青菜和土豆，仔细咨询着豆浆的价格

但是，我看见大江流出了大山，一去
不复返。所有的山头上都有旗帜
所有的旗帜都希望在风中猎猎飞扬
旗帜上都有主义的名字，主义和主义
都站在各自不同的山头，大江远去
从眼前到书本，只要有山，就有山头

能不能让翠竹自己发绿？让苹果在枝头上
自己成熟？我看见孩子在自己的笑声里过着童年
这样多好。坐在江边，我边想边摇头
自己对自己的脑袋弹着指头

江山如画，苏轼赞叹时手边有酒

一时多少豪杰！苏轼感慨时还在喝酒

万里卷潮来，这是有情感的大风在一直护送

大江东去，那是情感消失，冷冷的眼睛不再珍重

如画

脑袋有多大，天地就有多大
心中有天地，就可以安排山河
山河进入眼帘，一般人就会说：江山如画

为什么江山不如粮食？不如诗？不如一支
小小的曲子，绕在你的心里，蹲在你的
肺里，或者，半夜忽然使你惊醒
在一个似真似假的惶惑的梦里？

你坐在床上，靠在枕头上
江山如画，不就是一条山、一湾水
几丛树林，或者再加上一条船
悠悠的，也不划，静在河边
像此刻，你静静地
坐在床上？

豪杰

水走千里不回头，除非升腾，除非
化为烟气，到天上，成为另一种生命
再下雨，再回归大地
所以，谁是豪杰？
谁又在夸耀自己那一世的骄傲
或者喧哗，无非是嗓音响亮，和噪音
又有什么不同？总之是干扰人
干扰世界，总之是不断地侵入别人的风景

画地为牢，或者画地为王，而地底下
又是谁在说：风中有朵别人疼的云
而自己才是雨下被溅开被腾起
被沾着泥土四散的一条命

没有豪杰，只有牺牲，或者
让别人为你纷纷牺牲

有的，苏东坡回过头

他轻轻说：若你被压迫

你又不起身，那我来

我替你，或者替更多像你一样的人

他弹一弹手指：那起身的人

就是豪杰

当年

当年我以酒吧为家，我从酒吧出发

你们俩让我想起英国的故乡

那些农民，也好像让我

想起了许多青春难过的夜晚

只要有酒就有诗，只要有一张纸

我就拥有了整个世界，我生在诗里

也在诗歌里长大，我在诗歌的灵感里睁开眼睛

也在诗歌的眼睛里看到了灵感，从那时开始

从没改变，一直走到了死亡的头上

有什么可怕？我喜欢夜晚

因为天亮会带来阳光

而阳光照耀，会让我感到世事艰难

所以你喝酒，你没死却永远对死亡发起战争

没人和你比谁死得更快，你却在死亡

的大道上奋勇飞奔，迪兰，好兄弟

你并没生病，但你把自己的存在视为一个

向死亡举起的巨大的拳头，你知道你不会赢

但你的死却赢得了诗歌的声誉

唉，迪兰·托马斯，我懂你

但我却不知你的选择是对还是错……

肯定错了。苏东坡站起来：

我们写诗是为了生命更加生动

他却把生命当成朝奉诗歌的一场奔命

初嫁

提裙上轿，她可以叫小红、小乔

或者小琴，甚至葛瑞思，或者郝思嘉

但不可以叫大花，不可以让一枝水仙

顶着黄牛的钝角趴在河边的沙滩上

因为初嫁，一定是一碗水从家中出走

被端着出走，被口渴的人等着她快速出走

最远的白云漂在最近的河面

最亮的月牙勾着最黑暗的赤壁

最漫长的一生在初嫁的鞋面上第一次出发

不要沉思，出走就是

迪兰·托马斯望着远方：

你们看江山每天都在静默沉思

但没有人，江山一辈子便无所事事

我尊重你，迪兰·托马斯

但这次我完全和你相反

既然生为江山，便安然完成江山的事情
让树生长，让鸟飞，让江水滋润两岸的田野
又何必要有人？人的事
与江山又有什么关系？

初嫁如鸟飞，天地是累赘
你俩再争吵，洪荒都蹙眉
苏东坡站起身拍拍手撇着嘴笑了起来……

谈笑

你们说大江最初遇见人会有什么想法？

人见到大江会不会对自己产生怀疑？

大江流赤壁，向东归大海

它是死了，还是进一步得到了生命的升华？

因为汇入大海，消失自己

它反而得到了永生？

你想多了，苏东坡拍拍我的肩膀

大江奔大海，人生一过程

本来就是天地两相邻

大门一关，你是你，我是我

大江是大江，人类是人类

所谓清风拂山岗，波涛碰崖壁

就像你的生，或者我的死

一拍便两散，握手即天涯

中国人，迪兰·托马斯看看我们

你们看波涛，它要是不从水中腾起，不翻卷

不起沸腾的泡沫，它还是波涛吗?

你们从天上，地下，大江和大山中去寻找为人的意义

从竹林、箫笛，甚至一头牛、一道日出去反复领悟

但为什么你们不从你们自己身上

直接去找出人的道路和生命的启迪?

灰飞烟灭

漫漶的江水与生死

鸟飞、眼睛走、更多人
——消失在远方

春天往生在紫藤树下

更多风光在你起步的鞋子上

我其实一直跟邻居过着人类的日子
中午吃饭、晚上喝酒，把爱情想象成一道光
从窗帘泻下，或者在树林中
淋下一片小雨，最美的一滴
刚好落在我的头上

绮念的枯叶满大街翻滚，说明秋天
早已经住在我的身上

接下去是冬天、是冰雪覆盖的世界
越简单就越干净，所谓灰飞烟灭
只是丰富和繁盛被一扫而光

故国

拍尽栏杆，手疼，过去的国家
像喇叭高音呼出的口号
一碗面就忘记了去年的冰霜

过去的国家，一条船从两山之间忽然过去
船上的人若跳河奋勇挥臂
此刻或许在岸边的高山上
就成为一杆被眺望的旗帜

赤壁高，流水长，一串叹息
我宁愿坐在船上
一动不动
我走了
过去的国家
也就像我走后的子子孙孙
那么
我自己就成了一个家族的故国

动，或者不动

大河两边的群山在笑：

这些和我们有什么关系？

神游

鸟飞去，会飞还

云聚拢，会消散

歌在唱，会停息

下雪了，满天都是飞扬的身体

有过去，便有今天

有今天，便有未来

你哭了，有人就在笑

你笑了，有人就会在拼死着急

有塌方，是地在动

有海啸，是海在呼吸

有人生，有人就默默死去

有天黑，就有天亮在慢慢站起

下面这几句，是一个人还活着时的一些思绪：

四季为天地，循环不息是生命轨迹

死从生开始，生从死出发

青草从不想灵魂的归宿，但青草却年年绿遍天涯

不朽像另一种灵魂在大地上行走

它用主义

宗教、民族和自然的各种脸

检视我们活着的意义

爱，这扇人间最大的门

像太阳从天上展向人间的一只大手

它无视山峰还是海底，甚至边疆

甚至芦荟，甚至一只栖息在山坳睡眠的石蛙

甚至和它作对的黑暗，它也借助月亮带去光亮

光芒流失了，它明天再来

它也从不去思想灵魂的方向

我从父母来，作为一个人

我只能认识到这个道理

我用我的身体来经历作为一个人的各种遭遇

我可能通过我想到你，想到你们和他们

想到更多的人类，不同的眼睛、皮肤

和无数个国家的无数种兴亡

盛衰荣辱也就是春夏秋冬循环的四季

每粒沙都在诉说本身的故事，或者一粒沙中

有整个世界，大海也一样，高山也如此

连我的邻居他每天出门也都是一个世界的重新开始

我去宋朝和苏东坡相见，我去英国和托马斯握手

我和我自己在电脑上深深对视

我在二○二四年的第五个月写下这些汉字

我知道我是谁，让窗外的小雨下得更密

如果可能，我愿意跟着小雨落到一片树叶上

青青的树叶，轻轻地摇曳，静静地

重新看一遍我内心里出发的这些字句

多 情

风从天上来，人在地上走

人不能爱风，风从来不停在一个固定的地方

不管它是喜马拉雅，还是辉煌高耸的

纪念碑尖顶，无论是盛唐宝塔

还是大英教堂典雅的屋瓦

甚至兰花，甚至你辛苦如海的年老爹娘

你是人，你爱一碗饭，爱你的孩子

爱你手中的这一支钢笔，爱这一小块

眼前的键盘，甚至，你爱你写下的这几个字

或者一杯酒，你抬头看

风爱天空，因为天空任风飞

白云任风吹，你是人

大山等你走，江河等你游

天地不会死，至少在你活着的眼睛里

所以，你只要坐下来

伸出你的手，看清你的脚

走好你的路，把活着的这几十年

一步步走到它该去的地方

你的方向在你的脚上

并没有太多的感情值得你挥霍

让风去爱风所有的世界

你是人，你只要一点点

尽量完美地造好你内心需要的房间

你还想爱谁？

整个大地

谁是你？

华发

我看见一头浪跟随一头浪向西方奔去

不死不休但必须跟从第一头浪

我看见一头浪压死一头浪不压死前面的浪

自己这头浪又何必存在？

奔波的意义又在何方？

我看见一头浪与另一头浪一起呼喝一起奔腾

所有的浪不分前后齐身沸腾

这大海大河上才有了

波浪这个名字

一头、两头浪

在广阔的大河上

是什么？

华发初生，与华灯初上

有什么区别？

看楼兰消亡

所有的浪都死了

有谁祭奠？

如梦

在我活在这世上短短的一生中

我总是唱着赞歌

在旅途奔忙中

我总是羡慕

山腰小亭

有人在喝水

有人登山时直起腰身

他望着远山远水和更远的

白云绕着一片日光在他脸上眼睛里

有一片自得自满自骄傲的喜悦

这种怡然，不和任何人有关的自己

一个人和天地山水交往而得到的快乐

我特别羡慕

杜鹃花开得漫山遍野，我十八岁看见时

以为是一个梦，那么鲜红，那么灿烂一直到山顶

我以为那就是我的青春，而且我以为

它可能会一直下去直到永恒

但杜鹃鸟在峡谷一声声朝着农夫啼叫

它的叫声里竟然有不满，我甚至听出了好几声

因为农活繁忙万物拼命生长，而它

一声高一声低在树上正嘲笑这种辛劳和艰难

我听出了这种声音，但我迷茫

我如果不动，那我该怎样过完我的一生？

谁似东坡老，白首忘机①

他微微朝我笑，那张脸也像是另一只杜鹃鸟

我如今已过耳顺之年，但是忘机

我还是不能做到

人生真的如一场梦吗？

我只知道

在我活在这世上短短的一生中

我还是想再唱几声赞歌

可当我仔细想我到底要赞美哪几件事物

为什么我总是想不太清楚？

_____

① 出自苏轼词《八声甘州·寄参寥子》。

在我活在这世上短短的一生中

我总想再唱几首赞歌，但我却总是唱不出来……

江月

久违了，大江东去，它回不来，也无须回来
东坡沉吟，盯着我的波涛后代的秧苗怎么生长？
永远的波涛下，又怎会有一片安详的田园？
活在过去或活在当下，白云还是白云
毛驴还是毛驴，走过的路，坐过的车
谁还记得旅客的座位上那张同行者的脸？
我这样说话，看见是一种感悟和预告
不看见便是你脚下的泥土，屋顶上的微风
你在勤奋生活，你不停计划明天
今天的时间点点滴滴地过去了
你的手指又几时停下为流水流走而默默发呆？

江水汗漫，我着急人类的语言没有迸发激烈的闪电
善良的人还在高呼脆弱的善良，迪兰·托马斯
他一生在急迫而深刻的焦虑中度过
再狂暴的太阳也有辫子被我们抓住，疯狂
是抓住太阳最有用的手指，我干脆住在疯狂的家里

172

他说：我生、我死、我欲望冲天

让我领着大海向天奔腾

宇宙就像甘蔗一节节长成，死了再来

昙花一现，虽然短暂，同为开放

与千年古柏又有什么不同？

曲终人不见，江上数峰青①

就像一首歌，尾音已落到了江的对岸

一支笔，在纸上画下了最后一撇

一个孩子，背着行囊登上了远方莫知的高铁

一张车票，纷纷扬扬被撕碎、被挥出，被一只手

撒在了风中，又被风吹到了脚底和天外……

邀苏轼与迪兰·托马斯同看大江，我看着他们俩

他俩昂着头各自看着不同的方向。是谁在庙里说：

人的身体就像衣服，脱掉即成大道

我也笑：纸被烧掉了那叫灰烬

而灰烬又有灰烬的身体，捏碎了

世上又有了飞灰的诞生

----

① 出自唐钱起诗《省试湘灵鼓瑟》。

好在：明日隔山岳，世事两茫茫①

我斟满酒杯递给他们俩：

且尽生前有限杯②吧

来！我们为今天喝酒

为山里吹来了鸟叫的声音，为鸟叫

转移了我们的眼睛，为我们的眼睛在今天

聚在了这条大江的岸边，为岸边

有这样一杯酒，一千年又如何？

喝下便是生命的一次开花

一次滋养和一道光

让我们喜欢的地方都慢慢地亮起来

2024年5月

---

① 出自唐杜甫诗《赠卫八处士》。
② 出自唐杜甫诗《绝句漫兴九首》（其四）。

读姜夔——残柳在风中起舞

组诗十一首

我围着她吹箫

——姜夔过垂虹桥

范成大向姜夔求取梅花句，姜夔写下《暗香》《疏影》，范成大
喜欢，叫歌姬整日演唱，并将歌女小红送给了他。

我作了首最娇柔的新词，我让小红唱

小红斜开脸，开口低低唱

她一边唱，我一边吹箫

我围着她吹箫，一曲

唱完，我们

回头望，一整条松陵路都已经走完

再远望，眼眶里的烟波江上

一座座石拱桥此起彼伏……

残柳在冷风中跳舞
——姜夔过吴松

大雁和紫燕与人类无关，它们自己飞，甚至
它们都不去想，为什么它们
生来会飞？
所以
在太湖西边，它们跟着云彩飞

青陵陵几座山，互不依靠，我看着
就像这一生清苦的日子
在黄昏，心里暗数着
又要下雨……

吴松的第四桥边，我想不走了
抬头看长天，我能不能与长天在此长住？

今天是什么日子？靠着栏杆
我想着前人隐居在这里

短短长长高高低低枯枯瘦瘦的

有几枝残柳

交叉着身体

在冷风中跳舞

春天不在家

——姜夔过空城晓月

人落孤单是一座空城，晓月陪衬，尖利的两头

弯腰承担最难压抑的一场旧梦

垂柳带来冷风，也带来马上

单衣遮体的我的行程

寒冷来自天上，最后却住在了我的心中

江畔鹅黄嫩绿的枝头，都从睫毛上

一一远去，这些江南旧景，就像

手帕上轻微的春风，寂寞的

不是风，是我

我比风走的路更低，连青灰都高过了我的头颅

明天寒食，一杯酒，一间屋，一座小桥

一个人，是我，低头

不愿看见落下的梨花，跟着落下

清冷的秋色，所以

所以啊，燕子从梁上飞开

春天不在家，也不在

自冷自闭自净的庭院，只有池塘

自己用绿色打扮在岸边……

我竟然在河里种下了爱情

——姜夔元夕有所梦

水流合肥，就像时间从我流过，无声

不断，并且不知它最后

会停留在树下

还是一片

无人的荒滩？

因为年轻，我竟然在河里种下了爱情

从此你的脸，永远像水面

漾着一层浮沉的波纹

看不清，不像丹青

可以细描

你的笑纹

山鸟总是在黑暗中啼叫，总是

忽然把我从眠床上叫醒

看窗外

春天还没有绿遍大地

我的鬓发却已经

被冬天

片片染白

离别太久了

以至于悲伤都不能成形

是谁在元宵节

忽然抬起了

思念的手指？

再深的眷念，都因为

早已经分开

早已经因为不在一起

而只能在两地独自地徘徊

夜归的云彩无声地围着它

——姜夔姑苏怀古

船桨轻划，夜归的云彩无声地围着它

安静的江水把星星

一颗颗别在它的胸前

不远处，白沙滩上

鹭鸟一只只

都睡进了梦里

……

有行人在岸边走过，他惆怅地望着

苏台的杨柳，他在想

多少年以前

这些杨柳

曾经在吴宫

被做成扫帚清扫过落花吧？

淮南的月亮把千山照得一片冰凉

——姜夔金陵江上感梦

像燕子蹁跹行走

像娇软的黄莺说话

在所有车船去不了的地方

你又来了，华胥见你

终于是一次梦里的来往……

长夜漫漫

你更在长夜的中间

薄情像一把旧去的刀片

春天刚醒，你却早已被思念染遍

透冷、缠绵、缱绻

痛，而且无奈

离别后你用书信再次告别，你的手

却依然刺绣我们的离别

再走再远，你却永远

在我的身边……

淮南的月亮把千山照得一片冰凉
她独自归去，又有谁
去照管呢?

角招

——姜夔为春瘦

春天已经使人消瘦，更何况

西湖上，满眼都是杨柳

山外青山，薄雾像稀薄的岁月

想起在湖上，与你手挽手指点江山

此刻，你才走不久，上千亩红梅已经乱落纷纷

一条小船上我独自一人，零落天边的

一道孤影，离宫三十六从眼前走过

远游人，它也在呼唤你的归途

还有，你看，湖上的画舫轻舞着衣袖

青楼上，美人们执扇相依，一朵花更胜一朵花

翠绿的荆钗上连光芒都站不住，她们的额头

一个个都擦着时尚的宫黄，就在此时此刻

此时此刻啊，这春天又引发了我的旧伤

像荡漾的湖水，伤感的心也是一杯杯

伤人的烈酒

187

我写曲，独自弹奏，天下
又有谁能够听懂？这曲子里
有一颗心，只有你能听
花前的朋友

夜晚的花朵记录我们欢乐的笑容

——姜夔绿杨巷陌秋风起

秋风吹巷陌，也吹起了绿色的杨柳

边城肯定更加荒凉，马嘶的声音越来越远

马上的人们要去向何处？只听到

一声声辽远苍凉的边角在戍楼上吹响

我满怀悲苦，更何况满眼衰草

低伏在寒冷的薄雾中

像当年，将军带着他的部队

蜿蜒无尽头地行进在沙漠

我又一次想到当年的西湖，歌声带着小船

一起起伏，夜晚的花朵记录着我们

欢乐的笑容，只是，这些欢乐

目前还在吗？

我低头看着我的现在

满手苍白，哪里还有翠绿红透？

我写信，等北边的大雁过来时带去

189

又怕它来去匆匆，不肯停

而耽误了我信中对你的约见

太多思虑都挂在榆树垂累的果实上

——姜夔自度曲

双桨一左一右，就像两个人

就像过去的传唱，传唱中

桃根和桃叶

陪伴着王献之

扇子扇起的歌曲清扬几片飞花

飞花下，女子们眉毛绮丽

而又绝美

春天渐渐走远

水中的沙洲自己发绿

发绿的天下

忽然又来了几声

杜鹃的啼鸣

整整十里的扬州路上，过去

现在和未来，我就像另一位

前来的杜牧

这些过往的事情，又怎么诉说？

清明时节，皇室会分发火烛

一转眼都换了人间

太多的思虑，都挂在了榆树

垂累的果实上

千条万条，柳丝越来越密，

可以藏乌鸦，这样的好时节

来，让我们赶紧举起酒杯

让舞蹈的玉足像飞回的白雪

就像你西出阳关，就像我们

是老朋友初次的告别

亭子已经废了

——姜夔月上海云沉

月亮升起，海面上云层更加沉重

海鸥飞走了，吴地的波浪忽然陌生

走过西泠看见一枝独立的竹子，竹子

低暗，低暗中的人家一片寂静

又一次看见水沉亭，水沉亭上

悲伤长满了眺望的眼睛

风景里没有一丝欢欣

把薄毡毯铺在花朵的身上，举一杯

慢慢啜饮春风的身影

孤山的西边，是西泠桥

孤山的北边，是水沉亭

亭子已经废了……

所有心事都落在了台下

——姜夔江左咏梅人

梅花被江左人反复吟诵，他做梦

一层层深入

来来回回

一直围绕着青青的道路

他一遍遍看向凌风的高台

所有的心事

都落在了台下

告别了忧伤忧愁的庾郎

又经过了以梅为妻的林逋

古老的西湖

沉浸在寂寞的春天

这种惆怅

谁能够说出？

2023年2月

五支画笔

组诗五首

胸有成竹看文同

随意出走，并不是没有路，而是路

早已在心中，甚至可以不用眼睛

向东向西向整个世界

取笔来，淋漓而发、旨重而下、凝神而至

竹竿、竹尖、竹叶和竹间，像整个世界

安然而卧，小河流水、溪岸山坳

苍天之下的顺其自然

自古而来的随意而安

虽然你写诗让司马光惊诧："高远潇洒

如晴云秋月，尘埃所不能到。"又让苏东坡感慨：

"但欲焚笔砚耳，何敢自露。"

但你微笑于笔墨纸页，如老农

一笔一画、一步一里程

把古槎、老蘖的行走方式带到了山峰

胸有成竹，我看着你的满屏竹叶

你的心底，一定是山林满园秋风自在于随意的指尖

看李唐挥洒万壑松风

劈面大岩山，松林像冲向天空的军队，层层叠叠

先锋、中军、压阵，全军秩序井然，它们出发

无需语言，因为指挥官李唐有雄健的谋划

柔弱、清淡、疏离和留白，这些生活的

清茶淡饭，在此刻，在李唐的挥洒下

早已如炊烟被排斥在山林之外

没有袅袅娉娉，也没有吴侬软语，五十八岁的李唐

身上的杨柳和桃花早已经落尽，早已入秋

入冬，入了仅存一半江山的愤懑与耻辱

刚性、顿挫、强烈，迫在眉睫

山色铁青是李唐此刻的脸色，松叶参差

是他前赴后继不肯认输的那一股血液

奔赴向主峰，主峰向天空

"无古法""欠古意"

不是技法的创新，而是李唐胸中

有一句话来到了笔下：

天下都变了，绘画还怎么可能

一尘不染？

诗人马远

1

竹荫洒江影，钓竿
挑竹荫
桨不划水，桨划梦寐，船小
卧船偏沉甸
小风领着小波纹，随着胡须大汉
偷懒，在下午，或者黄昏

题记说月落江天罢钓鱼，但太胖
看着鱼来也不起心，把心放在梦里
或者干脆，把心和梦
一起都丢在水里

2

一隅见江山，何必全景
人间谁不是残山剩水？

有一角风景足够伸腿，足够一杯酒
把此刻当成最长的往昔，峭峰之上
谁见过几座峰顶？

四面全空，却依然有一叶钓舟
沉沉浮浮，最后一线眷念
细细挂着，垂在人间的水面

3

树枝下偃，远处绝壁也非绝境
只是下不见脚，上不见首，有云雾
薄衫半透明披在山谷，庭阁楼台
似乎从来不曾住过几个人
冷清清，而寂静，而衬着薄雾
也衬着几挂斜拖的梅枝，梅枝上

自然有梅花一朵朵展开，也不歌唱

也不夺艳，更不多言

大胆取舍，把眼前的事情做尽，至于远方

该放弃就放弃，该忘记

就忘记，就让它那么空着

就像太多人

看世界的眼睛

观刘松年画四景山水图

1

牛在牛该走的路上，就像梅花
开在它自己喜欢的季节，因为热爱与相逢
它在桥边、水旁，它把它最好的颜色
一朵朵撑开在枝杈上，有桥静静地卧在水上
它等人过来，它也要把人送到河对面去
时间顺着杨柳向下温顺地垂挂着，不着不急
也有人背柴而来，鞋子上有深山的消息
草是绿的，像刘松年挥笔的内心
雄心恰恰在工整的界面上——展开

2

你可能找不到痛苦，因为大雪再大
在一把雨伞下也落不到胸前

庭阁也像是休息的茶壶

并无炊烟，袅袅升腾的灵动是别人的世界

刘松年不画沸腾的江河，唯愿西湖

像伸展四肢的老松，可以长久

而且平衡，而且舒展

一杯茶里有无限江山

3

从阁楼远望，可以铺开长衫

放下衣襟，让眼睛从湖面

一直登上远方的山顶

一览众山小的壮阔在刘松年看来

可能最后还是要下山，而下山路上

坐下来看一只秋雁，它展翅

从翅膀上看

可能有更广阔的世界

4

大好河山，人是稀少的
但河山之中，需要人的位置时
人就出现，或坐，或站，或悠闲而来
你慢慢看，这似乎不是你身边奋斗的风景
而是梦，或者是一种期望，是活着的
一种偷闲的下午，让你安心
安静，而慢慢想到
我们也有过这样不需要思考的日常和闲淡

溪山清远走夏圭

让乾隆忍不住盖章，在几座庙宇的上方，庙宇又

深藏于树林之中，茂密之外，有人影出没

好像在说此处风凉胜于水凉，可以

着秋衣，驾青马，或者干脆上船

去摇晃这一片迷茫的溪山

是真正着迷和深入画技

奋臂一座山，一座桥，一片烟蒙的远岚

一笔笔饱满地画去，就像弹琴

不能停，激昂或是蜿蜒，牵丝挂缕

不能断，拖泥带水

不能绝，就像观景亭，有人来看

才有山，才有山下的江流向山外流泻，也

停不下，就像两山之间高架一座桥

为你，也为大家，也为打柴人

可以有一道安心的归途

仰视、平视、俯视，这都是后来人想得太多

太细，不如明初的陈川说：似为我发

一句话，点中了夏圭最深一处密穴

哪怕在地下，他也会忍不住

坐起微笑，这微笑

也被乾隆看见

皇章盖下

溪山清远走夏圭，秃笔

夏半边，多少人一经相遇

便缠绵、留下了眼睛、不再离开

2025 年 1 月

走遍沧桑——浙东思想学派肖像录

组诗五首

行出自己[1]

1

走自己的路，正如别人走别人的路

正如所有道路都在大地上，凌空的道路

必须身上长一对翅膀

那么中举就是腾飞的一个平台

让响亮的嗓音把学问学识向更远的疆域扩展

语音如钟，钟声操持着瑞安的方言

是一种乡音，却也是沿着经学的轨迹

把现实作为另一种大脑，另一种

可以经典的一条大道，行出自己的路

辞婚贵室，归娶盲女，三十不到

让你的老师拍案感慨，是的

---

[1] 周行己，永嘉学派代表人物之一。早年登第，丰神俊朗，辞婚右丞相冯京之女，归娶盲女，得师程颐感慨："颐年未三十时，亦做不到此事。"晚年向蔡京作《上宰相书》，后被革职，穷途潦倒，客死他乡。

程颐认为是一种美德，但你知道

这是一种声音，是你道路上的

一架铜钟，你回乡的路上

一定望见过水田里独脚站立的白鹭

它只是没飞，一旦展翅

整个天空便是它啼叫的一个背景

所以：

2

走自己的路，让所有人跟着自己走路

多少年以后，你不会想到

你的名字成了一座乡村的代号

你一言一行的每一个轨迹

都成了后代子孙考证学上的一个个勋章

流芳百世，并不仅仅是四个汉字

你应该知道你的呼吸一定会成为

这方圆百里的一道道景观

我相信你坚信，所以你自觉自愿

在父母的心疼中与盲妻相濡以沫

凌晨看风，傍晚看雨

深夜翻阅一整个国家

让所有人跟着自己走路

你相信你的眼睛这时候应该也是

所有人的眼睛，或者你应该前去擦亮

世界的额头，这时候，你一定在想：

3

走自己的路，让别人无路可走

但正如所有道路都在大地上，凌空的道路

身上必须长一对翅膀，而所谓大地

正因为它永远都在地上，你的功利之学

也终于需要一块入地的台阶

所谓长廊，所谓田园，所谓金榜闪亮

也终于是时代的一种悲哀

这时代的悲哀，也终于长到了你的身上

你摸清了世界，所以你入世

你作《上宰相书》，你结交道士林灵素

道士倒，你败，穷途路上

我相信你望着遥远的家乡

出发即回家，并没有很多杂碎的伤感

眼睛飞，瑞安远，但你的脚

却永远会跟着你走遍沧桑

哪怕苍凉，哪怕潦倒

哪怕死在一棵陌生细小的柳树边

4

走自己的路，生是开始，死

为结束。正如船，向海

向河，或者朝向无水的浅滩

不知哪里来，但知道明白去向的终点

随风去，或者就一坐如钟

也如钟摆一点点

细细地归去

水心先生[①]

把心放在水里，水多高

心就有多高，同理

水多低，心就有多低

不仅个人，国家，民族，希望

强盛和衰落，一个水字

便说明了一切道理

所以你取名为：水心

至于"义利并举""经世致用"

都是和水的生存

一个道理

我看着你

叶适

所谓大道至简

---

① 水心先生，即叶适，字正则，号水心居士。温州永嘉（今浙江温州）人。
南宋思想家、文学家、政论家。

要改变的

恰恰是

这世上

多余的各种传承

永嘉先生八面锋[①]

要生存，就要把自己向世界打开

不是自己有多么广阔，而是世界面前

有太多广阔仅仅是一粒过眼的飞沙

永嘉先生八面锋，多好，开放性的学格

以不同吸收所有的相同，刀锋劈斩中

自己的这把刀越见深厚，在生与死的相交相融中

向世界出发，八面受敌

恰恰是八面更高的山峰，更艰巨的墙

苏东坡先生说：八面出锋，但永嘉先生们

不说，直接做，就像当今的温州命格

有用，才有光辉升腾的起步。用头脑用脚

用这一生的所有时间，去出锋，出力，甚至出命！

"八面锋"，我看着这几个字发出生存的芒辉

---

① 《永嘉先生八面锋》约成书于南宋孝宗年间，为科举用书，专门研究治国
  方略和国家政事。

孝宗赐笔，使得永嘉学派蓬勃升起

五百多名进士尽归三温人

我看到拼搏，终于成为这一方土地

世代相传最深刻的一种印迹

与陈亮对饮

我国土带给我的骄傲如大雁临空，如烟雾缭绕

如风吹柳林，尽去又还，如长辈过世

后世又来，跌倒如虫，爬起如熊

终于将耻辱像挂面一样高高挑起

加油，加盐

加胡椒和胡葱，加国人最爱的

一小点鸡精

乐了，再加点西洋的红方与啤酒

人文终于在历史中

成了佐餐，成了一日三次的日常习惯

成了门票，相片，并再次跨上

柔软的棉轿

就像你

我的陈亮

你终于成了我笔下画出的这些文字

这些友情

在交往中终于成了我们

喝茶时缠绕在鼻尖的香气，一点一点
把你的雄气化作了
催老指甲的一缕缕山风

我眼睛看着你，这倔强的雕像
他到底哪一点彻底像你？
不要多，只要一点
我就将带他到我的命中
到我枕边的一小点梦中
我起来
我会想到，在浙江，在永康
陈亮，就像这危岩
像这自立自傲的一大块方岩
我的手掌
从此多了块你的肌肉，你的诗
和你的疼痛

文节陈傅良

与陈亮握手，把国家当成自己家庭

岳麓书院你讲学，一力提倡学问必须要实际可用

如魏晋的玄谈被你批判，一事一物

只要存在，必有它存在的深刻道理，而深入道理

掌握它的生长与归途，便是学问，所以你回乡

与农人一起研究牛耕，研究龙骨水车

施人粪肥，不是你热爱农业技术，而是你心中

农工商军以及未来的前途，只要是这个国家所需要的

都是你内心最大的事业，为此，你甚至前去阻拦

皇帝的行程，不是你胆大，而是你心中的底线

如一根最高的标尺，生死何欢？如果不是

按照自己所认定的星辰去光照大地

短暂的一生又有何意义？

所以你反对罢免朱熹，皇帝让你草拟的圣旨

你坚决不从，哪怕朱熹的学说

也恰恰是你认定为错误的一条道路

"连年波浪与埃尘，谁可论心五六人。"

这可能是你弹响内心最为孤寂的一道音韵了

在浙江，在温州，在瑞安

你不知道你的思想

已经成为一种土壤

多少年以后啊

温州经济和温州模式

终于在你的家乡重新发芽，蓬勃兴起

和你有关吗？

或者说，与你无关吗？

2023 年 9 月

南海一号

小诗剧

"南海一号"是距今八百多年南宋初期的一艘在海上丝绸之路向外运送瓷器时失事沉没的木质古沉船，它也是迄今为止世界上发现的海上沉船中年代最早、船体最大、保存最完整的远洋贸易商船。阿琴的爸爸和哥哥就在这艘船上。

母亲

船要开了，像早上

海那边升起来的太阳，有光

慢慢地，越来越多的光，从天上下来

光洒到地上，洒到船坞，也洒到了船坞旁边的

一间小木屋，也洒到了阿琴她爸爸和哥哥的头发上

他们笑着，背囊里装着几十个茶叶蛋，红红的

挤在一起，就像是太阳生下的一窝小太阳

挂在了阿琴她哥哥的肩膀下

他们走了

走向那艘木制的大船，那艘

装满了无数金银铜铅制作的器具，装满了

更多精美瓷器的大船

这船要走到大海的头上

要走到大海的对面，要穿波越浪

阿琴她爸爸和她哥哥，两个男人

他们眼中反射清晨太阳的光芒

他们迎着太阳走，那么坚决

甚至，那么绝情

走远了，都没有回过头看我们一眼

阿琴说：妈妈，他们什么时候回来？

我抬头，远方已经不见了他们的身影

我笑着摸摸阿琴的头发，我说：会回来的

你记住，只要太阳像今天早上一样升起

那一天，他们就会从这条路上笑着回来

后来，我一直后悔

因为从此以后，太阳

再没有像那天早上那样明亮

不是阴天，就是大雾，或者是狂风

吹着漫天的云彩在天上流浪

不管什么时候，太阳都没有再像那天早上那样新鲜

那么浑圆，而且明亮……

哥哥

这是我第一次远洋出海，我十八岁
昨晚刚吃了一只公鸡的脑袋
那鲜红的鸡冠，爸爸说：
你吃，软软的，妹妹在笑
她掩着嘴唇吃吃地笑
我就在她的笑声中吃下了鸡冠
爸爸拍着我的肩膀，他说：
记住，这是你的成人礼
从此以后，你就是大人了
你要像鸡冠一样，永远骄傲地
抬着头，哪怕睡着，鸡冠
也永远挺起在鸡的头上

海风来了，我在床头点起了一支香
妈妈你放心，我会照顾自己
也会注意爸爸的安全
妹妹哭了，她的眼泪晶莹闪亮

码头上，她的眼泪中有太阳的反光

我不怕，我会和太阳的光芒一起回来

海风越来越大，我朝家乡挥起手

我吃过鸡冠，从此以后

我就能够踏海穿风

这么多货物都在为我保驾护航

只要我回来，妈妈、妹妹

我就把房子全部翻修

我们家，也就会成为整个渔村

最为骄傲的那一只雄鸡了

阿琴

乌云又遮住了太阳，天是阴的

多少次了，每次我来到码头

我眺望，远处从来没有净蓝的天空

没有干净的天空，就没有干净的太阳

我又一次跪在码头，只要爸爸和哥哥

能够安全回来，我愿意永远这么跪着

多少天了？我一次又一次

比太阳更早地来到这里，这里的海浪

礁石，甚至连滩头上的跳跳鱼都认识我了

妈妈也来了，但她从来不说一句话

远远跟着，远远看着，和更加远远地

望着天边的海尽头，可是海尽头

永远不出现那一艘最大的木船

妈妈用最好的木头，又刻了一座妈祖像

就像给爸爸和哥哥带上大船的那一座

妈妈说妈祖保佑你们航行

妈妈叫哥哥连睡觉都要把妈祖放在枕头边

哥哥走了

爸爸走了

多少天过去了

天边的太阳却还是没有干净地出来

日出不像出发的那一天

爸爸哥哥就不会回来

妈妈说了又说，她不哭

也不忧伤，只是不断地念叨

不断地说：快出太阳了

阿琴，快起来，快去码头上看看

今天的太阳是怎么样的？

可是我忍不住哭，爸爸

哥哥，我想你们了，乌云不走开

你们就不会回来，可是乌云

为什么这么不愿意离开这里？

我点香，看着香烟袅袅

一路平安啊，大海，我求你

把爸爸和哥哥送回来吧……

父亲

这些海浪和以前不一样，我出海四十年

见过像山峰一样的海浪压下来

见过像刀面一样的海浪直接劈下来

我活下来不是因为我比别人有更强劲的肌肉

我活下来也不是因为我更会躲避海浪

像猴子那样逃避在大海上是没用的

恰恰相反，我活下来是因为我从来喜欢正面向前

我会找出海浪的击打和回收之间那瞬间的空隙

那是希望，是生命在危难中的唯一通道

我看着孩子前舱中举着他妈妈做的木头妈祖

他在祈祷、在期盼、在希望妈祖深深保佑

他今年十八岁，上个月刚刚成人

我是不是应该把他留在岸上？但是他

又怎么可能遥望着大海裹足不前？

他是渔民的孩子，他从小就希望当一位真正的渔民

在成人礼的前晚，他对我说：爸爸

出远海要准备什么？最需要注意的是什么？

我望着他亮晶晶的眼睛，我知道

我拦不住他了……

当他吃下鲜红的鸡冠，他抬起头

明天我就要登上南海一号了，他看着他妹妹

阿琴不懂事，还端起酒杯向他庆祝，她没看见

她旁边的妈妈在偷偷流泪，但我明白

在这座渔村，最大的成人礼就是必须要出一次远洋

就在前晚，孩子在梦中都在高喊：

南海一号！可是此刻

在前舱中，我看见孩子高举着妈祖像

那么虔诚，那么期望，好像十八岁的生命

都已经活在这座木头做的妈祖身上

我见过像山峰一样压下来的海浪

我见过像刀面一样直接劈下来的海浪

但整整四十年，我却从未见过

这无边无际像棉花一样软绵绵地鼓起来，越来越高

却又越来越宽阔沉默地笔直盯着你眼睛的海浪

我看着前舱中高举妈祖的孩子，他今年

刚刚十八岁，我心疼，而且难受，而且战栗

这孩子，他能真正地成人吗？

哥哥

爸爸说这是他一辈子出海最大的船

爸爸又说，出完这趟海

我就是全村最令人骄傲的男子汉

妹妹望着我，我知道她心里为我骄傲

妈妈望着我，我知道她不想让我出海

但我是男子汉，我吃过最红的鸡冠

我要让我们家成为全村最大的骄傲

所以，我怎么能不出海？

大海软绵绵地升起来，把我们这艘船抬得越来越高

全船的人都趴在了甲板上、船舱中，我也是

连船长都在喊：大家都趴下，可是大海

越来越高，慢慢地，沉默地，我趴在这

越来越高的大船上，我似乎都可以摸到天上的

乌云了，我把妈妈做的妈祖像举起来

向上天，我低下头：妈祖娘娘，请保佑我

也请保佑我的爸爸，我如果能够回到家乡

我一定给你造一座更大的像，就立在渔村的村口

我看着妈祖像，忽然，我好像看见

大风大雨中，越来越高的大船上

妈祖忽然对我笑了起来……

爸爸

这孩子怎么笑了？这么危险的时候

他怎么和妈祖像一起笑了？大风吹起了他的头发

大雨把他的衣服全部浇湿了，他一动不动

就那么高举着妈祖像，大海忽然下塌了

整个大海忽然一下子沉了下去，从高高的天上

向无边的地底迅速塌了下去，我趴在船上

我和大海一起塌陷下去，出海四十年

我知道，这下真的完了……

可是孩子，我一点点向他爬去

我拨开散乱的缆绳，忽然飞来的一只酒壶

甚至左边的一把菜刀，我侧身，菜刀剁到了

我的腿上，流血了，船板上散开，但这些

我都不管，我一点一点接近了孩子

终于我把手握在了孩子手上

我们紧紧握在一起

孩子回头看我，他笑得更畅快了

我和他一起朝妈祖看去，那一刻，妈祖

她真的笑了，慈祥的笑容从木头纹路里

一点点笑出来，忽然，整个大海平静下来

我们和大船一点点沉下去，慢慢地、稳稳地

就像一位老人慢慢坐到了秋天的阳光下……

我们和大船一起稳稳地坐在海底

和八万多瓷器、无数的金银铜器坐在一起

我们不怕，甚至安心，我们大家一起

坐在海底，像一整个世界都坐在了这里

阿琴

妈妈看着阿琴，阿琴看着妈祖

妈祖看着大海，大海看着妈妈和阿琴

哥哥和爸爸坐在海底，二十米深的海底

他们没有看，他们的眼睛却一直睁开着

睁开在深深的海底，睁开在希望和失望的中间

他们不走了，他们就那样坐着，就像坐在自己的家里

以海为生，自然就入海而死

祖祖辈辈，所谓渔民，所谓渔村

就是这样来来往往，循环往复

在大海的注视下，在妈祖的眼睛中

所以，妈妈不哭，阿琴也不哭

只是，整个渔村都灭了炊烟，整个渔村

都静静的，就像南海一号，就像一个休止符

坐在那里，很多家庭

都散了，一批

在海底，而

另一批

在岸上

后记

　　宋朝的造船业十分发达。南宋时，因国土领域问题，就只剩下了南方的航线。南宋很注重发展海上对外贸易，在杭州、明州（今宁波）等地方设立了市舶司与海外进行贸易往来。南海一号沉船中共出土十八万余件文物精品，对研究我国乃至整个东亚、东南亚的古代造船史、陶瓷史、航运史、贸易史等有着重要意义。考古界人士表示，与这些瓷器年代、工艺相当的一个瓷碗，此前在美国就卖出了数十万美元的天价，而在南海一号上却是整船、成批地出现，船舱内层层叠叠、密密麻麻的南宋瓷器超过六万件。

2024年1月20日